乙女はお姉さ《ボク》まに恋してる

櫻の園のエトワール

嵩夜あや

FB
Famitsu Bunko
ファミ通文庫

乙女《おとめ》はお姉さま《ボク》に恋してる
櫻の園のエトワール

Contents

聖應女学院 学生名簿

七々原《ななはら》 薫子《かおるこ》

一年生。身長は一七〇センチ以上、横柄でがさつな少女。父親の勧めで、何も知らずに今年から聖應に編入した。

周防院《すおういん》 奏《かな》

二年生。演劇部の副部長を務めており、学院祭で演じた役名と抜けるような肌の白さで『白菊《しらぎく》の君』と呼ばれている。

皆瀬《みなせ》 初音《はつね》

一年生。幼等部からずっと聖應育ちの生粋のお嬢様。両親の転勤により寮に入れられることになった。

上岡《かみおか》 由佳里《ゆかり》

二年生。『櫻館《さくらやかた》』の寮監。陸上部に所属し、その灼けた肌の色から『琥珀《こはく》の君』と呼ばれるように。

キャラクターデザイン＆イラスト：のり太

門倉《かどくら》 葉子《ようこ》

三年生。二年連続で生徒会副会長を務める『帝《みかど》の君』。

菅原《すがわら》 君枝《きみえ》

三年生。第百十期エルダーにして生徒会長。『かぐやの君』とも呼ばれる。

烏橘《うきつ》 可奈子《かなこ》

二年生。二年連続で生徒会書記を務める。

魚住《うおずみ》 響姫《ひびき》

生徒から大人気の放送委員長。通称『セイレーンの君』。

ケイリ・グランセリウス

自ら『星の王女』と名乗る不思議な美少女。

鷲尾《わしお》 緑《みどり》

三年生。演劇部の部長を務める。

厳島《いつくしま》 貴子《たかこ》

先代の生徒会長。君枝の憧れの女性。

宮小路《みやのこうじ》 瑞穂《みずほ》

先代エルダーで、奏の姉でもあった伝説の人。

十条《じゅうじょう》 紫苑《しおん》

この春卒業した、先々代エルダー。

少し控えめな陽差《ひざ》しが桜並木を縫《ぬ》って湿った石畳《いしだたみ》を優しく照らしている。

昨夜の雨に濡《ぬ》れた桜の若葉が雫《しずく》をきらきらと光らせながら、鮮やかな緑色を透かして揺れている……校舎までの短い桜並木に、少女達の黄色い笑い声と軽い靴音が弾むように響いている。

その光景は、とても清純で美しく、清々《すがすが》しい。


ここは、聖應《せいおう》女学院——。


明治一九年に創設された由緒《ゆいしょ》ある女学院。日本の近代化にあわせ、女性にもふさわしい教養を学ぶ場が必要だ、という理念に基づいて創立された。英国のパブリックスクールを原型として、基督《キリスト》教的なシステムを取り入れた教育様式は現在まで連綿と受け継がれている、いわゆる『お嬢さま学校』である。戦後再建時に幼稚舎《ようちしゃ》から女子短期大学までの一貫教育施設となるが、その基本的なスタイルは現在も変わらない。

モットーは慈悲《じひ》と寛容《かんよう》。年間行事には奉仕活動や基督教礼拝など、宗教色も色濃い。

それに加えて日本的な礼節・情緒教育も行われているため、普通の義務教育機関とはいささか趣《おもむき》が異なる点が多い。

生徒の自主性を尊重するため服装規定等校則もゆるいが、徹底した情操教育によるものか、生徒内自治がある程度効果を上げており、大幅な校則違反はほぼ見受けられることはない。それだけに、若干世間から隔絶した感もある。

あの錚々《そうそう》たるメンバーを送り出した春、三月からひと月。

並木の桜たちも、春休みの浮ついた気持ちはそろそろ終わりと、生徒たちを戒《いまし》めるように優しく静かに花びらを脱ぎ、青葉に衣を替え始める四月。

昨年度エルダー・宮小路瑞穂《みやのこうじみずほ》を筆頭に、十条紫苑《じゅうじょうしおん》、厳島貴子《いつくしまたかこ》、御門《みかど》まりや……第百九期メンバーが卒業し、聖應女学院も燈《ひ》も消えたような寂しさに包まれて……？

いいえ、そんなことはありません。

小さい芽かも知れないけれど、そこにはまた、可憐《かれん》で美しい花を咲かせようとする蕾《つぼみ》たちが。

新しい出逢《であ》いと別れを繰り返して、少女たちは成長し…そして大人になってゆくのだから。

見えるでしょう？　櫻《さくら》の園《その》の中で小さな輝きを放つ、おぼろげな光たちが。

不安と希望に揺れる——櫻の園の、エトワール。

櫻館《さくらやかた》の入寮式《セレモニー》

「くっそ……っ、親爺《おやじ》のヤツめ、余裕で間に合うとか嘘《うそ》ばっか放《こ》きやがって……っ！」

散りかけの桜並木を、一人の少女が全力で駆け抜けてゆく……処女《おとめ》、と云《い》うには少々憚《はばか》られる罵詈雑言《ばりぞうごん》を撒《ま》き散らしながら。

楚々《そそ》とした制服には少々似合わない、綺麗《きれい》だけれど大胆なフォーム。重そうなロングスカートが、脚の動きにまとわりつくように必死になびこうとする。

少女は背が高く――一七〇センチはあるだろうか――長い髪に、少しワイルドな感じのする切れ長の瞳《ひとみ》が印象的だ。ただ、身を包む清楚《せいそ》な制服には若干ミスマッチではある。

「これじゃまるで、時代遅れのスケバンだな……」

慣れないスカート丈に、何度か脚を引っかけそうになりながら走る少女の目線の先。どうやら目指す建物が見えてきたようだ。

「……これは、また……なかなか」

疾走《しっそう》していた少女は、その建物のあまりの時代錯誤《じだいさくご》っぷりに思わず足を止めた。歴史物の映画にでも出てくるような、こぢんまりとしているけれど典雅《てんが》な建物……まるで、今にも慣れない洋装に身を包んだ、瓜実顔《うりざねがお》の伯爵夫人《はくしゃくふじん》でも出てきそうだな。と少女は思った。

「って、そんなこと考えてる場合じゃなかった……っ！」

少女は自分が遅刻寸前だったことをはたと思い出すと、慌ててその伯爵夫人邸に向かって駆け出していった……。

「っ……七々原薫子《ななはらかおるこ》っ、遅くなりましたっ！」

「きゃっ⁉」

バァン！　と、けたたましいドア音と共に玄関に飛び込んだ少女——薫子の前には、驚いた顔で立ち竦《すく》む、小さな少女の姿があった。

「七々原……薫子、さん？」

その少女は小さく首を傾《かし》げると、ゆっくりと、薫子の名前を繰り返した。

「あ、ああ……えっと、今日からここで世話になることになってて。それで……」

「……そうなのですか」

——不思議なことに。

小柄な少女に、微笑《ほほえ》みを添えて一言そう云われただけで、薫子の頬《ほお》は火が点《つ》いたように真っ赤になった。理由は薫子にも解《わか》らない……自分が御門違《おかどちが》いな場所に迷い込んだような、そんな気分になったのかも知れない。

「私は、周防院奏《すおういんかな》と申します……入寮式には、ちゃんと間に合ったみたいですよ？」

そう云って、奏と名乗る小柄な少女は楽しそうに笑った……。

「初日からいきなり遅刻なんて、今年の新入生はひと味違うみたいね」

入寮式——そう聞いていたので、きっと大層な人数が……そう思っていた薫子だったけれど、実際に食堂に集まったのはたったの四人だけだった。

（……さっきの子は、遅刻してないって云ってたのに）

薫子は少し拗《す》ねた顔で、自分の遅刻を笑う上級生を見詰め返していた。

「ふふっ、不満そうだね。新入生……じゃあ、遅刻は取り消して上げようか」

「へっ⁉」

上級生のいきなりな変節っぷりに薫子が素《す》っ頓狂《とんきょう》な声を上げると、横に立っていた奏が可笑《おか》しさを堪《こら》えきれずに小さく噴き出した。

「まあ良いわ……あたしは上岡由佳里《かみおかゆかり》。今年は最上級生のお姉さまがいらっしゃらないから、二年生のあたしが寮監《りょうかん》を務めることになりました。よろしくね」

由佳里と名乗った上級生は、外に向いてピンと跳ねた髪が如何《いか》にも活動的な雰囲気を感じさせる、そんな少女だ。

「それにしても、あなた……背が高いわね。ホントに新入生？　何センチあるの？」

由佳里は、薫子よりも若干背が低い——いや、平均に対して薫子が高すぎると云うべきだろうか。

「……一応、一七〇はある筈《はず》なんですが。今はこれ以上伸びないように祈ってます」

「一七〇！　良いわね、羨《うらや》ましい。あたしもちょっとずつは伸びてるんだけどね」

羨ましがる由佳里に薫子は苦笑する。好きで伸びた訳でもないんだけれどな……と。

「ふふっ、新寮監？　これでは、いつまで経《た》っても式が進まないのですけれど」

「あは、いけない。そうだったわね」

奏に釘《くぎ》を刺されて、由佳里が本分に立ち戻る。それを見て薫子は、奏の方へと視線を向けた。

……小柄なところに来て、頭に着けた大きなリボンがゆらゆらと揺れている。そんな様子が殊更《ことさら》に彼女の小ささを強調するのか、不思議と全体に儚《はかな》い印象を感じさせる。

「……薫子ちゃん、私の顔に何か付いていますか？」

「えっ⁉　あ、いや……何にも。ごめん、じろじろ見ちゃって」

見咎《みとが》められて、薫子は自然と顔が朱《あか》くなった……どうも、雰囲気に呑《の》まれていつもの自分の調子が出せないで居るらしい。

「はいはい。私語は慎むように——では、第百十期、聖應《せいおう》女学院学生寮の入寮式を執《と》り行います」

入寮式自体は、ごく普通に進められた。特に変わったことと云えば、この式には一切大人が登場しなかったことだ。管理者にあたる先生も居なかったし、居ると云われていた寮母の姿も式には見えなかった。

「じゃあ人数も少ないことだし、軽く全員で自己紹介をしましょうか。あたしは上岡由佳里、寮監で二年生……あとは……ああ、陸上部所属。じゃ、次はあなた」

由佳里の簡素すぎる自己紹介の後、たまたま目の前に居た薫子に番が回ってきた。

「えーっと、七々原薫子です。今年からこの学院に編入することになりました……少しばかり家が遠いので寮に入ることにしたんですけど、あまりの人数の少なさにちょっとびっくりしてます……よろしくお願いします」

そんな自己紹介を聞いて、由佳里が笑みを浮かべた。

「なるほど、外部からなのね……どうりで話し方がワイルドだと思ったわ。これからちょっと苦労するかもね」

「えっ……苦労？」

自分と同じような話し方をしている由佳里にそんなことを云われるなんて……そう考えて、薫子は不審そうな顔になった。

「じゃ、次は……あなた」

そう云って、由佳里は薫子の隣に——いままで黙っていて、一言も口を聞かなかった少女に声を掛けた。

「は……はい。こ、今年から……寮に入ることになりました、新入生の皆瀬《みなせ》初音《はつね》と申します。あの、よ……宜《よろ》しくお願いいたします」

甲高《かんだか》い、まるで消え入りそうな小さな声で、途切れ途切れに少女は自己紹介をした。

彼女は幼等部からずっと聖應育ちである生粋《きっすい》のお嬢様。両親が転勤することになったのだが、温室育ちの娘を余所《よそ》の一般の高校には通わせられない……という理由でそのまま聖應の寮に入れられることになった。

「大丈夫？　緊張してるの？」

「はい……だ、だいじょうぶ、です……」

由佳里が声を掛けると、初音の身体《からだ》がぴくっと震えて不安そうな表情になる。薫子はそんな初音の様子を見て、なんだかウサギみたいだな、と思った。

「じゃ、最後、最後は奏ちゃんね」

最後に、由佳里に促《うなが》されて奏が自己紹介をする。

「周防院奏……二年生です」

「ええっ!?」

奏の言葉に、思わず薫子が声を上げた。どうやら奏のことを同級生だと思っていたらしい。

「こら薫子ちゃん、まだ奏ちゃんの自己紹介が途中じゃない」

「っ……ご、ごめんなさい」

目の前の二人の遣《や》り取《と》りに、奏は小さな苦笑いを零している。

「……周防院奏、二年生です。演劇部に所属しています……どうぞよろしく」

主に薫子に向けて奏が微笑むと、薫子は顔を真っ赤にして、困惑しながらも頭を下げた……。

「……そんなわけで、現行の寮則はいま説明した通りよ。何か問題が発生したり、寮則に対して不満がある場合は、自主性に基づき、随時《ずいじ》協議の上で寮則を見直すこととします」

続いて、由佳里による寮内の規則や、生活上の注意点の説明などに入っていった。

寮の規則はその年その年、生徒達の要望に合わせて変わっているらしい。寮監の由佳里によると、前年度の寮監が大雑把《おおざっぱ》な人だったらしく、現状でも寮則はかなり緩《ゆる》い――というか、女子寮の寮則としてはほとんどザルに近かった。

「これでだいたいの説明は終わったかな？　じゃ最後に、今年の『妹』を決めましょう」

「妹……？」

由佳里が発した意味不明の言葉に、薫子が疑問符を浮かべた。

「ああそうか。薫子は外部編入組だから知らないよね……この寮ではね、下級生が上級生のお世話係になるのが昔からの仕来《しきた》りなのよ」

由佳里が名前を呼ぶのは二回目なのに、すでに薫子からは「ちゃん」が取れていた。

「お世話係……って、あたしたちが、ですか？」

「まあ、当然そうなるわね。その代わりに上級生は、あなた達下級生に指導をする義務を負うことになるの」

「はあ……」

薫子が露骨に困った表情になる。そのあまりの素直さに、由佳里が噴き出した。

「まあ『妹』がどんな世話をするかってのは、基本的には姉の決めることだから……」

「ね、由佳里ちゃん」

そんな会話をする二人に、奏が加わった。

「私、薫子ちゃんを妹にしたいのです……どうでしょう？」

――その言葉に。

「えっ……えぇっ⁉」

若干のタイムラグを経て、薫子が素っ頓狂な声を上げる。隣で由佳里も眼《め》を丸くしていた。

「いや……それは別に構わないんだけど。あ、でも初音ちゃんにも聞いてみないとね……だって、そうしたら自動的に初音ちゃんはあたしの妹になっちゃうわけだから」

由佳里がそう云って初音を見ると、初音はびっくりした表情で顔を朱くした。

「あ、あの……私」

「ああ、まあ……云わなくても。あたしが『お姉さま』じゃ初音ちゃんも大変だろうしさ……」

そう云って由佳里が頭を掻《か》くと、今度は初音が困った表情になる。

「そ、そんなことは……ありません。私、由佳里お姉さまが……その、お姉さまになって下さるなら……その」

顔を真っ赤にして、しどろもどろ話す様子に由佳里は苦笑しつつ、そっと初音の頭に手を触れた。

「初音ちゃん……良い子ね。でも、やっぱり苦手だと思ったらそう云わないと」

ところが、そう云われた初音が今度はキョトンとして由佳里を見る。

「えっ、いえ……わ、私本当にっ！　由佳里お姉さまが……私のお姉さまになってくれるなら嬉《うれ》しいな……って、あの……」

「え、あ……そうなんだ。いや、まあそれなら別に……問題ない、かな」

段々小さくなっていく初音の声に、今度は由佳里の顔が真っ赤になる。

「……では、薫子ちゃんは、奏の妹ということで……宜しいのですか？」

そんな二人の微笑ましい様子を後目《しりめ》に、今度は奏が薫子に質問をする。

「あ……まあ先輩が良いって云うならそれは構わないんですが。ただあたしは何て云うか、あー、自分の面倒も看《み》られないような不精者《ぶしようもの》なので……あまり役に立つとは思えないんですけど」

「薫子ちゃん……大丈夫ですよ。きっと、そんなことはありませんから」

そう云って、奏は薫子に優しい瞳で笑い掛けた……。

「はぁ……」

入寮式も終わって、薫子は何故《なぜ》か奏の部屋にいた……もっとも、薫子の部屋は開けていない引っ越し荷物が段ボールで山積みになっており、落ち着いて話が出来るような状態では無かったのだけれど。

「ふふっ、随分と深い溜め息なのですね」

「ああ、ごめんなさい。他人様《ひとさま》の部屋にお邪魔しておいて、暗くなるような真似《まね》しちゃって」

「いいえ。何となく、薫子ちゃんの気持ちは解るような気がしますから」

もちろん色々な問題があるのだけれど、いま薫子の気を重くしていたのは入寮式での由佳里の一言だった。

『と、云うことで……基本的には朝食前とお休み前に紅茶を用意するところから。それ以外に関しては、それぞれの姉に相談すること』

そう云われた薫子はまず途方に暮れた。紅茶なんて淹《い》れたこともない……という点も確かに問題ではあったけれど、それよりも何よりも、更に根本的なところが大問題だと云って良かった。

「……一体、この学校は何なんですか？　その、あまり正気の沙汰《さた》とは思えないんだけど」

困り果てた顔で質問をする薫子に、奏は苦笑いを浮かべた。

「本当に、何も聞かないでこの学院に入ったのですね。薫子ちゃんは」

そう云った奏の声は呆《あき》れると云うよりも、心配するような声色《こわいろ》だった。

「取《と》り敢《あ》えず、お茶にしましょう？」

「うっ……あの、奏先輩。あたし……」

奏は、そんな薫子の返事にくすりと小さく微笑《わら》うと、

「大丈夫ですよ……お茶を淹れるのは私なのですから」

優しく、そう答えた。


「……ここはね、鳥籠《とりかご》の中なのですよ」

「鳥籠……？」

不思議そうな表情を浮かべる薫子を優しく見返して、奏は紅茶をカップに注ぎながら言葉を続ける。

「そう。鳥籠……箱入り娘の『箱』と云っても良いかも知れませんね」

その言外の意味を思い遣《や》り、薫子はがっくりと肩を落とした。

「つまり、ここは筋金入りのお嬢様学校……なワケですか」

上品と云う言葉と欠片《かけら》も縁のない薫子にとって、その言葉は無菌室のような一種不気味な心持ちにさせられる言葉だった。

「さ、お紅茶をどうぞ？」

「ありがとう、ございます……あ」

薫子は奏から紅茶を受け取ると、その薫りの良さに驚いた。

「……良い、薫り」

「紅茶を淹れることには、少しだけ自信があるのです。ふふっ、昔『自称お茶淹れ日本一』の方にも褒《ほ》められたことがあるくらいなのですよ？　他には自慢出来る事もないのですけれど」

「そんな……確かにあたしは、あんまり紅茶なんて飲まないけれど。でもこれがいい加減に淹れた紅茶と全然違うのくらいは判《わか》りますっ！　……よ」

思ったよりも、自分が強硬にそんなことを主張してしまったことに驚いたのか、薫子は少し顔を朱くして、照れ隠し半分にティーカップを口に運んだ。

「……美味《おい》しい！」

そんな薫子を更に驚かせたのは、奏が淹れた紅茶の掛け値無しの美味《おい》しさだった。熱と一緒に、柔らかで芳醇《ほうじゅん》な茶葉の薫りが、ゆっくりと鼻の奥の方まで拡《ひろ》がってゆく。

「この学院の中には、確かに外とは違う空気が流れている……でもそれは、きっとこの紅茶程度のものだと思うの」

「先輩の、紅茶……」

「きっと私も、外の世界でお茶を淹れたら……こんな風に丁寧《ていねい》にしようとは思わないで

しょうね」

奏は自分のカップに琥珀《こはく》を満たすと、ゆっくりとカップを持ち上げてその薫りを楽しんで、そして言葉を続ける。

「でもここでは、そんな気分になれる……いま目の前にいる貴女《あなた》のために、出来るだけ美味しいお茶を淹れてあげたくなる。きっと、ここはそう云う場所なのだと……そう思うのですよ」

「今、目の前に居る……あたしの為《ため》に」

奏のそんな言葉に、薫子は薄く湯気が漂う琥珀色の水面《みなも》を見詰めた。

「それはきっと、薫子ちゃんが思っている程に奇妙な違いでは無いと思います……この学院にも外と同じように、人としての総《すべ》ての感情が渦巻いていて、そしてみんなが考えたり、悩んだりしている」

「奏先輩……」

「ここではきっと、みんながこの紅茶の分だけ優しさを大切にしている。大切にしていることを、誰《だれ》も莫迦《ばか》にしたりしない……その違いだと思うのですよ」

ティーカップから顔を上げた薫子は、そんな風につぶやく奏の横顔を、いつの間にか眺めていた……言葉に出来ない優しさに溢《あふ》れた、そんな横顔を。

「……信じるよ。その、奏先輩の言葉を」

「薫子ちゃん……」

「柄じゃないところに来ちゃったなって思ってた。いや、それは今も変わらないけど……でも、あたしみたいな横柄《おうへい》な女にこんな美味しい紅茶を淹れてくれる。そんな奏先輩の云うことは信じたいからね」

そんな薫子の言葉に、奏の瞳が少しだけ嬉しそうに揺れた。

「それじゃ薫子ちゃん、こうしましょう！」

「な、なに……？」

「私たちの間だけでは、毎日の紅茶を淹れるのは私の仕事ということにするのです」

奏は満面の笑顔で、薫子にそう宣言した。

「えっ⁉　で、でもお茶を淹れるのは妹の仕事だって、さっき由佳里先輩が……」

「大丈夫です。姉である私がそう云うのですから、妹はそれに従えば良いのですよ。それとも、薫子ちゃんが私に美味しい紅茶を淹れてくれるのですか？」

「あ、いや……確かにそう云われると厳しいものがあるんだけど、でも……」

困惑する薫子に、奏がからかう様に語り掛ける。

「薫子ちゃんは、お姉さまの云うことが聞けないのですか？」

「わ、わかりました……先輩」

たじたじになっている薫子に、奏が可笑しそうに続けた。

「それとね、薫子ちゃん……学院では、先輩のことは『お姉さま』と呼ぶのが慣《なら》わしになっているのです」

「えっ……」

それを聞いた瞬間、再び薫子は固まってしまう。

「う……嘘、でしょう？」

「その、信じないとは思いますけれど……本当なのですよ」

余程愕然《がくぜん》とした薫子の表情が可笑しかったのか、奏はそれが真実であることを伝える為に必死で笑いを堪えなくてはならなかった……。


「それでは皆様、また明日」

「ええ、ごきげんよう」

「ごきげんよう」

「ま、また明日……」

――そうして迎えた登校初日。

「……はあ」

入学式を終え、クラスのオリエンテーションが済んだ頃《ころ》には、薫子の精神力はすっかり尽き果ててしまっていた。

「これから毎日この調子なのか……頼むから、誰か嘘だって云ってくれ……」

人の少なくなった教室で、頭を抱えたまま突っ伏した。

「……嘘よ」

「⁉」

突然の声にガバッと身体を起こすと、そこには一人の少女が立っていた。

薫子ほどではないが長身でスラッとしており、理知的というか、クールと云う表現がしっくりと来るだろうか。眼鏡《めがね》のフレームの細さが、そんな鋭いイメージを増幅して見せている。

「どうかな、多少は気が晴れた？」

「はは、一瞬だけ……夢から醒《さ》める夢が見られたような気がした。ありがと」

薫子の返事に相手は軽く眼鏡を直すと、僅《わず》かに肩を竦めて答えた。

「どうやら私は、君の鬱屈《うっくつ》を晴らせなかったみたいだ。力になれなくて済まないね」

「どう致しまして。幾《いく》らあたしの頭が悪くったって、言葉で否定されたくらいで現実の問題が解決したりしないんだってことは解るもの」

そんな遣り取りが心地良かったのか、薫子の表情に少し笑顔が戻ってきた。

「……私、七々原薫子」

「真行寺《しんぎょうじ》茉清《まきよ》よ。よろしく」

「ありゃま、雅《みやび》なお名前で……歴史の教科書に出てきそう」

薫子にそう云われると、茉清はやっぱり肩を竦めた。

「生憎《あいにく》と、生まれる場所と名前は選べないもので」

「……ごめん。もしかして結構気にしてる？」

「いいや。もし選択権があったとしても、自分のセンスの無さは痛いほどに自覚があるからな。きっとそう変わらない名前になっただろう」

一見仏頂面《ぶっちょうづら》に思えるその表情に、すっと微笑が浮かんだ。

「君は外部編入組ね。事前情報も無しにこの学院を受けたのか？」

「……恥ずかしながら。まさか今のご時世にこんなお嬢さま学校が本当にあるなんて考えもしなかったから。親爺……いや、父親に良い学校だからって云われて、そうなんだって。ちょっと考えが甘かったと今更ながら反省中」

「なるほど。自身の迂闊《うかつ》が招いたものなら、ある程度は仕方ないと諦《あきら》めた方が良さそうだな」

茉清の言葉に薫子が少し拗ねたような表情を見せると、隣の席に腰掛けた。

「老婆心ながら、ひとつアドヴァイスしておこう。一見すると異様に見えるかも知れないが、要は話し方の問題。そこを丁寧にしさえすればお嬢さま言葉である必要はないよ……丁寧に話すというのは、詰まるところ相手に対する思い遣りを示すと云うことよ」

「ご忠告はありがたく。それで何とかなるなら頑張ってみるけど……どうも、世界そのものが違うような気もするのよね」

「……そうね。確かにそう云った履き違えた人間も居ないことはないわね……けれど、結局は誠意の問題だから。『外の世界』とは違ってね」

「外の世界、かぁ……」

その言葉をわざとからかいの意味で使ったと云うことなのだろう。茉清はそう説きながら、可笑しそうに笑っていた……。

「……どうぞ、お姉さま」

「ん、ありがと初音」

そんな薫子の苦悩を知らないかのように、日々はゆっくりと過ぎていた。

「そう云えば、そろそろ一週間ってところね……どう？　初音は寮生活に慣れる事は出来そうかしら」

就寝前のティータイム。お茶を淹れに来た初音に、優しく由佳里が訊《たず》ねた。

「あ、はい……その、とても楽しいです。家では家事を総てお母さまがやっていましたから、そう云う部分も自分でしなくてはいけないところとか」

「ふぅん……あたしは、やらなくて良いなら出来れば家事は放棄《ほうき》したいところだけど」

「そんな、お姉さまはお料理から何から、家事全般なんでもお出来になるじゃありませんか。そんな仰有《おつしや》りようはずるいですよ……」

ここ一週間、初音は由佳里に色々なことを教わっていた……お茶の淹れ方から始まって、簡単な掃除の仕方、洗濯の仕方まで。箱入り娘だった初音には、そんな由佳里の手は何でも出来てしまう魔法の手に見えたことだろう。

「そう？　初音みたいな可愛《かわい》い子に誉《ほ》められるのは、悪い気分じゃないわね」

「も、もう、すぐお姉さまはそうやっておからかいになるんですから……」

初めの頃は口数も少なく緊張気味だった初音だけれど、何かと色々教えてくれる由佳里を相手にする時だけは、物怖《ものお》じをする事もなくなって、明るい声色で答えるようになっていた。

「新しいクラスはもう慣れた？」

「はい。私はエスカレーター組ですから……ほとんど顔見知りのようなものです。あ、でも……」

「ん？」

「薫子ちゃんが、その……クラスに上手《うま》く馴染《なじ》めていないというお話を、中等部時代のお友達から聞きました。それでちょっと心配しています」

「そっか……そうだろうね。あたしもそうだったからそれは良く解るよ」

由佳里は初音から受け取った紅茶を啜《すす》ると、少し何事か考えている様子だ。

「……でも、友達が一人も居ないってわけじゃ無いんだよね？」

「ええ、そうですね……そう聞いていますけれど」

「そっか。じゃあ大丈夫じゃないかな……薫子は物怖じするようなタイプじゃなさそうだし。きっと、そのうち何とかなるよ」

「それなら、良いんですけれど……」

困った顔をする初音に、由佳里は苦笑いを少し浮かべてからカップをソーサーに置いた。

「当の初音は、薫子のことをどう思ってるの？」

「えっ、私ですか⁉」

突然自分に話を振られて、初音は戸惑った。

「その、まだ少し怖いんです……でも、奏お姉さまと楽しそうにしている薫子ちゃんを見ていると、きっとすごく優しい人なんだろうって……そう思うんです」

「なるほどね。でも、なんだか怖くて近寄りがたい……ってことよね？」

「は、はい……その、どうしても薫子ちゃんに話し掛けられるとビクッとしてしまって。薫子ちゃんには申し訳ないなって、いつも思うんですけれど」

「つまり、初音が今そう思っているってことが、薫子がクラスに融《と》け込めない理由と同じなんじゃないかな？」

「……あ」

由佳里の言葉に、初音も気が付いたようで、小さく驚きの言葉を漏らした。

「まあ、それはあたしが心配しても仕様がないか……奏ちゃんが何とかするんじゃないかしら？」

「おはようございます、奏お姉さま」

「おはようございます」

朝、珍しく演劇部の朝練が無い奏と、薫子は一緒に桜並木を歩いていた。

「すごいね、お姉さまは……みんなが声を掛けてくるんだ。さすが演劇部の『姫』だね」

「あの、薫子ちゃん……その、恥ずかしいのでそれを云うのはやめて下さい」

先日薫子は、茉清に奏が演劇部に於《お》いて「姫」と呼ばれる俊秀《しゅんしゅう》である……と云う話を聞いたのだった。奏自身はそう云われるのが恥ずかしいらしくて、薫子には黙っていたものであるらしい。

「ふふっ……そろそろ私のことを『お姉さま』と呼ぶことには慣れましたか？」

「え、うん。まあ、呼ぶ度にまだちょっと、背中の辺りがむずむずするけどね」

苦笑いを浮かべる薫子に、奏は楽しそうに笑い掛けた。

「でも、なんだか私も呼ばれ慣れていませんから、くすぐったい感じなのですよ」

「何がです？」

「去年までは、私が『お姉さま』と呼んでいる立場でしたから。そう呼ばれるとしっかりしなくてはいけないなって……そう思えてくるから不思議です」

「……そっか」

当然、去年は奏にも『お姉さま』がいたのだ……そう思うと、薫子は不思議と愉快《ゆかい》な気分になった。こんな人の『お姉さま』とは一体どんな女性だったのだろう？

「おはようございます、薫子さん」

「おはよう、茉清さん」

朝のいつもの挨拶《あいさつ》。薫子は、茉清に対しては省略しているけれど、他のクラスメイトにはちゃんと「おはようございます」と挨拶を返している。

「お……おはようございます。茉清さん、薫子さん」

「おはようございます」

「あ、おはようございます……っと、麻里《まり》さん」

薫子が挨拶を返すと、クラスメイトは少し俯《うつむ》き気味に少し慌てて自分の席へ着く。

「……う～ん」

もうすっかり見慣れている光景ではあるのだけれど、それでもやっぱり、幾分引っ掛かるものがあるらしい。

「また唸《うな》っているの？」

茉清はあまり関心が無さそうに訊ね返す。その辺り、茉清はどうやら全く意に介していないらしい。

「いや、確かにみんな普通に挨拶もしてくれるし、受け答えもしてくれるんだけどさ……どうにも馴染まないって云うか。何なんだろう？　何がいけないんだろうなあ」

「別に、いけないことは何も無いと思うけどね……気にし過ぎじゃない？」

ペラペラと一時限目の教科書を眺めながら、茉清は適当に相槌《あいづち》を打っている。

「そうなのかなあ……」

　転入して一週間を過ぎたけれど、どうしても薫子には疎外感《そがいかん》が拭《ぬぐ》えなかった。友達になったと云えそうなのは目の前の茉清くらいのもので……それは何故かと云えば。

「……おはようございます」

　その時、少しきつめの挨拶が響く……目下薫子にとって最大の悩みの種、大谷《おおたに》京花《きようか》の登場だった。

「お、おはようございます……京花さん」

　薫子の挨拶もそこそこに聞き流すと、京花は緩いウェーブを描く肩まで伸びた髪を翻《ひるがえ》して、鋭い一瞥《いちべつ》をくれてから自分の席へと去っていった。

「……はあ」

　恐らくは他にも要因はあるのだろう。けれどそれを除いても、薫子がクラスに馴染めない事の主たる原因のひとつは間違いなく彼女なのだ。

　自分の席でクラスメイトと楽しそうに会話する京花には、数瞬前に薫子を睨《にら》み付けた刺々《とげとげ》しさは微塵《みじん》も感じられなかった。

「どうやらお姫さまは、未《ま》だ癇癪《かんしやく》を起こしておいでのようだね」

「ええ、どうやらそのようね」

　それが一体いつからそうなっていたのか、当の薫子にも全く心当たりが無いのだ。冷たくした覚えも、何か失礼をしでかした記憶もない……ある日気付くと冷たい態度を取られていた。

「あ〜、この手の遣る瀬《やせ》なさ……あたし、耐えられないのよね」

「おや、転入生どのは意外に繊細なお心をお持ちでいらっしゃる」

「意外とか云わないで貰《もら》えますかね。あたし割とナイーブなのよ？　こんなのでも」

「……本当にナイーブだったら、少なくとも自分でナイーブなんて云ったりしないわね」

「むー。こう云う時、茉清さんは冷たいよね……はあ。それにしてもどうしたものか」

薫子には全く身に覚えがない上に、悪いことに京花がクラスの中心的存在で。それがクラス全体を相手に軋轢《あつれき》を生んでいるらしく、更に問題を深刻にしているのだった……。


「まあ、そのような訳で……不肖《ふしょう》ダメ妹としては、お姉さまに相談させて頂こうと思ったワケなんですよ。普段だったら正面切って問い糺《ただ》すなり、襟首《えりくび》つかむなりで物事すっきりさせればそれで済むんですけど。ここでそれやっちゃうと泣かれそうだから」

「か、薫子ちゃん……ここじゃなくても、襟首はやめた方が良いと思うのですよ？」

昼休みにたまたま廊下で奏と出逢《であ》った薫子は、放課後に図書館で奏と待ち合わせた。

自分だけではどうすればいいのか解らなくなって、京花のことを相談することにしたのだった。

「ですがそう……薫子ちゃんは、その京花ちゃんに何をしたのか、全然身に覚えがないのですね？」

「うん、まあ……って云うかあたし、もしかして何かしたのかな」

少し項垂《うなだ》れる薫子に、奏は優しい微笑みを見せる。

「人には色々な性格や、考え方を持った方がいらっしゃいますから。例えば薫子ちゃんが普通に接していたとしても、それで相手が不快に思ったり、怒らせてしまったりすることがあるかも知れませんし」

「まあ、特にこの学院の中だと、それは大いにありそうな話ではありますけど」

肩を竦める薫子に、奏は少し怪訝《けげん》な表情を見せて……少し考え込んだ。

「……ねえ、薫子ちゃん。あなたは、この学院にいる人たちはどんな『人種』だって、思っていますか？」

「えっ……」

そう云われて、薫子ははたと考え込んだ。「人種」と云う言葉をわざわざ使ってみせた奏の真意が、正確に捉《とら》えられなかったからだ。

「ここにいるから、お嬢さま然と振る舞っているからと云って、総てがそう云った人で構成されている場所ではない……そう私は云いたいのですよ」

奏は開いていた本を閉じると、薫子の目を正面から見詰めた。

「裕福な家庭で育ったからと云って、必ず幸せな人ばかりとは限りません。色々な事情があって、色々な悩みを持って生きていることは、ここでもそれ程変わりは無いのです」

「お姉さま……」

「例えば私は、両親の顔を知らずに施設で育ちました……ここには奨学金《しょうがくきん》と、僅かですが養母の残して下さった遺産で通っています」

「……!!」

何気なく発せられた奏の言葉に、薫子は衝撃を受けた。それは奏の生い立ちが、自分の考えていたものからまるで懸け離れているものだったから。

「私は少し前まで、このことを隠して生きて来ました……でも、私の『お姉さま』たちに教えられたのです。『あなたが頑張っていることを、ちゃんと誇りに思わなくてはいけません』って。だから、私は薫子ちゃんに嘘はつきません。あなたが私の言葉を信じると云ってくれましたから」

「お姉さま……ええ、勿論《もちろん》」

薫子は、暫《しば》く目を閉じると……その目を開いて奏にそう答えた。

「そう考えれば理解出来ると思いませんか？　薫子ちゃんのクラスのみんなも、決して理解の出来ない、薫子ちゃんと違う『人種』なんて居ないんだ……って云うことを」

「……はい。そう思います」

そう答えながら、薫子は考えていた。いま目の前にいる人の強さを――そして逆に、自分の心が、知らないうちにクラスのみんなとは違うという、狭量《きょうりょう》な『壁』を作ってしまって居たと云うことを。

「どうやら、お話は解って貰えたみたいですね。なんだか暗い話をしてしまったみたい……ごめんなさいね、薫子ちゃん」

「えっ……い、いや、そんなことはないですけど」

「じゃあ、暗くしてしまったお詫《わ》びに……私と街に遊びに行きましょうか」

「へっ!?」

突然の笑顔を見せたその言葉に、薫子は眼をぱちくりさせて奏を見詰め返した……。


「本当に、薫子ちゃんは女の子らしい服を全然持っていないのですか？」

「まあ……男所帯で育ちましたからね。髪くらいは女らしく伸ばしておけって親爺に云われたんでそうしてますけど。それくらいでしょうか」

結局押し切られた形で、薫子は奏と二人で街に買い物にやって来た。

ラフな大きめのYシャツとデニムのパンツ……と云う外出着になった薫子を見て『可愛い服は持っていないのか』と訊ねた奏に対して、薫子はない、と答えたのだった。

「薫子ちゃんとても綺麗なのに、勿体《もったい》ないですね」

「や、やめてくださいよ……そんなこと云われても気味が悪いですよ」

「薫子ちゃん？　綺麗な女の子に綺麗だって云うのは義務なのですよ。云われる方もね」

「う……あ、ありがとう……ございます」

穏やかな笑顔で、しかも真剣に云われてしまうと、薫子としては何故か二の句が継げなくなってしまう。

「でも、お姉さまのそのブラウスの方が全然可愛いじゃないですか。もちろん中身も込みですよ？」

可愛いフリルの付いた、綺麗なシルエットの白いブラウス。小柄な奏にはよく似合っている。

「ふふっ、お姉さま方には、縫いぐるみみたいで可愛いって云われていましたから。私としては女の子として可愛いって云われたいって、常々思っているのですけれど」

「え、そうかなあ……あたしなんか、お姉さまはすごく女の子っぽいって思いますけどね」

薫子にそう云われて、奏は顔をぱぁっと朱くした。

「あ、ありがとうございます……その、云われてみると恥ずかしいものなのですね」

「そうでしょう？」

恥ずかしがる奏をからかいながら、いつの間にか薫子の中から鬱屈した気持ちが薄らぎ始めていた。

「コホン、えっとでは……何処に行きましょうか。薫子ちゃんに似合いそうな可愛い服を探しに行くのはどうですか？」

からかわれたのが悔しいのか、奏の言葉は少し強気だった。

「うっ、い、良いですよ。その挑戦受けて立ちましょう」

一方で意固地《いこじ》な薫子も真っ向から奏の挑発を受け止める。もしかしたら、奇妙なところで似ている二人なのかも知れない。

「どうですか、薫子ちゃん」

——二時間後。

「ま、参りました……」

得意気に胸を張ってファッションビルから出て来る奏と、その後ろで恥ずかしそうに買い物袋を持っている薫子の姿があった。

奏の見立てで店を梯子《はしご》して回るうちに、薫子によく似合いそうなニットとシフォンスカートの組み合わせを見付けてしまい、似合う似合わないと散々揉《も》めた挙げ句、試着した結果に薫子自身が割と可愛いと思ってしまって……と云う一方的な負けを、薫子のそんな姿が物語っていた。

「薫子ちゃんは細いから、デニムのパンツも確かに似合いますけれど……フェミニンなお洋服も絶対かっこよく着こなせると思ったのです。ですから今日は大収穫でした」

「けど、こんな可愛い服……なんだかこのままクローゼットの肥やしになっちゃいそう」

「そんなこと……今度はその服を着て、一緒にお買い物に来れば良いのですよ」

「まあ、それはそうなんですけどね……あれ？」

そんな時、薫子は道路の反対側に見覚えのある姿を見付けた。

「どうしました？」

奏が薫子の向いている方に目を遣《や》ると、聖應の制服を着た一人の少女の姿を見付けた。

「クラスの方ですか？」

「……あれが大谷京花嬢です。件《くだん》の」

「ああ、あの子がそうなのですね」

後ろ姿しか見えないが、薫子にとっては普段そっちばかりを見ているので見間違えようがない。男と二人で、何ごとか話をしているようだ。

「へえ……聖應の女の子は外の男子と付き合ってるってイメージは無いものだけど。大谷さんはなかなかやるわね」

「……薫子ちゃん、変ですよ。聖應では校則で異性交遊は禁止されています……制服を着たままデートなんてする筈がありません」

「えっ……じゃ、あれは？」

表情が見える所まで近づくと、どうやら京花は男を嫌がっているらしいことに薫子たちは気が付いた。

「どうしましょう……お巡りさんを呼んできた方が宜しいでしょうか」

「そうですね……お姉さまは一足お先に寮に戻っていて下さいますか」

少し何か考えていた薫子が、突然二人に向かって歩き始める。

「か、薫子ちゃん!?」

「……やめて下さい。そんな気はありません」

「今つまらなそうにしてたじゃない。暇なんでしょ？」

薫子が近づいていくと、ナンパ男の常套句《じょうとうく》的な科白《せりふ》が聞こえてくる。

「京花さん、お待ちになりましたか？」

「え……っ、か、薫子さん」

声を掛けられて、男と京花、二人の動きが止まる。

「こちらは京花さんのお知り合い？　もしかして、お邪魔をしてしまったかしら」

「い、いいえ、違います！」

そこで初めて助け船を出されたことに気付いたのか、京花は薫子の傍《そば》にそそくさと逃げ込む。

「では、参りましょうか……時間に遅れてしまいますわ」

「ちょ、ちょっと……」

薫子は声を掛けようとする男へにこやかに笑い掛けて動きを止めてみせると、京花の腕を取ってその場から悠然と歩き出す。

「さて、そろそろ良いかな」

男が見えなくなる場所まで歩いてくると、足を止めた。

「……大丈夫？　京花さん。もしかして、余計なお世話かなって思ったんだけど」

「薫子さん……わ、私……っ」

薫子にしがみつく京花の双眸《そうぼう》から、見る見る涙が溢れてくる。

「京花さん……怖かったんだ。大丈夫だよ、もう大丈夫だから」

泣き崩れる京花の肩にそっと手を置いた……気が強そうに見えても、そう云うところはやっぱりお嬢さまなんだ――薫子は彼女が落ち着くのを待ちながら、そんなことを考えていた。


「……その、薫子さん……私」

「ん？」

駅に送り届ける途中、京花はおずおずと薫子に話し掛けてきた。

「ごめんなさい……いつもクラスであんな、その、冷たい態度を取っていましたのに」

「ああ……そうね。それは良いんだけど……じゃあひとつだけ聞かせてよ。あた……私、京花さんに何か悪いことをしたのかな？」

僅かに逡《しゅん》巡《じゅん》した京花は、そのあとゆっくりと口を開いた。

「その……は、初めは薫子さんの口調が怖くて、みんな遠巻きにしていたの」

「ああ……」

編入当初、薫子は奏に教えられた。「その喋り方は怖がられるかも知れない」と……

その後茉清や初音などからのアドヴァイスもあって、今はそれなりに落ち着いている。

「そうしたら、いつの間にか薫子さんは茉清さまととても仲良くなっていて……その、それが羨ましかったものですから」

「……へ？」

そこで薫子は思考が硬直した。茉清さま？　なぜ茉清がここで登場するのか？　羨ましかった？　――沢山の疑問符が薫子の頭の中を埋め尽くした。

「でも……薫子さんも、とても素敵な人だって……よく解りましたから」


「では薫子さん、ごきげんよう……また、明日」

「ええ……ごきげんよう」

駅での去り際、少し頬《ほお》を朱く染めて京花は薫子に別れの挨拶をすると、人混《ひとご》みの中へと去っていった。

「……なんだか解らないことだらけだ」

人混みに紛れる京花を見送りながら、薫子は茫然《ぼうぜん》と立ちつくしていた。もしかしたらとんでもない勘違いを、自分はしていたのではないだろうか？

「お疲れ様でした、薫子ちゃん」

「えっ、あれ……奏お姉さま!?」

そこには何故か、先に戻ったと思っていた奏の姿があった。

「やはり気になりまして……こっそりと後を尾《つ》けてしまいました」

「……もう、人が悪いですよ。お姉さま」

「ふふふっ……さ、帰りましょう」

「ええ」

歩き始めると、奏がそっと薫子の腕を取った。

「お、お姉さま？」

「さっきの京花さんでしたか……彼女を見ていて、腕を組んだらどんな気持ちになるのか、少し知りたくなったのです」

そう云って、そのまま薫子と腕を組んで歩く。

「なんでかな……お姉さまと腕を組んで歩くと、なんだかドキドキする」

「……私も少し、そんな気分です」

そのまま、二人は何も云わずに、ただ黙って家路に就いたのだった……。


「おはようございますっ！　薫子さんっ！」

「え、あ……おはよう、ございます」

――翌週、月曜の朝。

「ど、どうしたんだろう……？」

薫子は新たな混乱の只中《ただなか》にあった。先週までとクラスの様相が一変したのだった。

「おはよう、薫子さん」

「ああ……おはよう茉清さん」

「今日はなんだか、教室の色がピンク色ね」

「そ、そうだね……何が起きたのか知らないけど」

いつも一歩引いていたようなクラスメイトたちが、何故か自分を色めき立った目で見ているのが判った。けれど、何が起きているのかは理解出来なかった。

「……先週、お姫さまを悪漢からお救い申し上げたらしいじゃないか、騎士殿？」

「えっ、あたし？　ああ、まあそう云えば……そう云えないこともないような」

答えながら、そんなことは茉清に話していないってことに気付く。それに、茉清に何か聞くことがあったような……薫子がそう思った時、背後から声がかかった。

「……おはようございます。あの、薫子さん」

「あ、おはようございます。京花さん」

薫子に声を掛けた京花は、頬を朱く染めて恥ずかしそうにしていた。

「あ、あの……先日は、ありがとう……ございました」

それだけ口にすると、京花は薫子の返事も聞かずにそそくさと自分の席へと戻っていく……暫くすると、何故か京花の席の方からきゃーっという黄色い歓声が聞こえてきた。

「これで多分、薫子さんは晴れてクラスの仲間入り……と云うよりも、クラスのアイドルになったのね」

「あ、アイドルぅ!?」

そんな単語は最近テレビでだって聞かない……薫子は茫然として茉清を見た。

「伝わっているのよ、クラス中に。先週のあなたの大活躍がね」

笑いながらそんなことを云う茉清に、薫子はひとつ大切なことを思い出していた。

「思い出したっ！　そう云えば初音に聞いたのよ……茉清さん、あなた中等部時代から『王子さま』とか呼ばれてて、学院内にファンが沢山いるらしいじゃない……」

「……ああ、まあそんなこともあったかも知れないわね」

「もうっ、そう云うことは早く云いなさいよっ！」

まさかたまたま友人になった相手の人気のお陰で、クラス中から嫉妬《しっと》の眼で見られていようとは……それは薫子自身に気付けというのが無理な相談というものだ。

「自分で『私は人気があるんだ』とでも説明しろっていうの？　そんなことする訳ないでしょう」

「うっ、そ、それはそうなんだけど……」

そんな薄笑いを浮かべる茉清に、なにか納得のいかない薫子だった。


「そう。じゃ、薫子の問題は解決したって訳なのね？」

――寮での夕食後、お茶の時間。薫子のクラスの賑《にぎ》わいが話題になっていた。

「はあ、まあ……一応そう云うことになるかな、とは」

どうも当の薫子は、今ひとつ納得のいっていない様子。

「まあ、薫子は打たれ強そうだからなんとかなるかなって思ってだけど、初音が随分心配してたからね」

「ゆ、由佳里お姉さま……な、内緒にして下さいとお願いしたではありませんかぁ」

内緒にしていたことをいきなりバラされてしまい、初音が顔を真っ赤にして由佳里に抗議する。そんな初音の様子に、薫子は驚かされた。

「その、初音……ありがとう。心配してくれて」

「えっ、あの……いいえ、私なんかが心配しなくても、きっと薫子ちゃんは大丈夫だって、そう思っていましたから」

消え入るような声で精一杯の言い訳をする初音の姿に、薫子の中で小さな明かりが灯ったような気がしていた。

奏が教えてくれたこと。人は、その姿だけでは心までは解らないんだって云うことが。

「なんだか……初めて、ちゃんとこの場所にやって来たような気がする」

「薫子ちゃん……」

そんな薫子を、奏は柔らかい微笑みで、優しく見守っていた。

「これから……改めて、よろしくお願いします」

薫子の言葉に、三人は笑顔で「こちらこそ」と、そう答えたのだった……。

妹は騎士さま!?

「わかった……その勝負受けてやる」

――それは秋の初め、寒風の吹き込み始めた屋上での出来事だった。


「と云うことで、ヒロインは奏《かな》ってことで……良いかしらね？」

どっと、部室の中は拍手の海で溢《あふ》れかえる。少し背の高くなった奏は、けれど自分よりも背の高い下級生や仲間たちから取り囲まれ、祝福の渦の中にあった。

「そ、そんな緑《みどり》部長……この脚本でしたら別に私ではなくとも……」

そう抗議する奏だったけれど、今年の演劇部の新入生は半数以上が去年の演目「イノセント・ガーデン」に憧《あこが》れて入部した中等部エスカレーター組で占められている。そんな彼女たちにとっては、奏がヒロインの座に着くことは最初から規定の事実と云《い》って良かったのだ。

「ま、後輩たちからの熱烈な支持もあるしね。諦《あきら》めて頂戴《ちょうだい》副部長……あ、そうそう、演出の方もよろしくね」

そう云って、演劇部部長・鷲尾《わしお》緑は楽しそうに奏に対してウィンクすると、のほほんとした表情で脚本に視線を戻した。

去年は緑先輩はこんなスーダラな人ではなかったはず……と奏は思ったが、今そんなことを考えても仕様のないことだった。部長に任されたからには、副部長たるもの、最《も》早《は》やらざるを得なかったからである。

「それにしても五十嵐《いがらし》恵美《めぐみ》さんか……去年の『イノセント・ガーデン』もそうだったけど、なんていうか、良い脚本書くよねぇ……」

緑は去年も使った脚本集を眺めて、恍惚《こうこつ》と溜息《ためいき》を吐きながらそう漏らした。それに関しては奏も全く同意見だった。

「でも、五十嵐さんって、『イノセント・ガーデン』を書いた頃《ころ》は、まだ高校生だったんですよね……凄《すご》いことだと思うのですよ」

今年上演される演目も、この脚本家・五十嵐恵美の作品集から選ばれた。

大正時代の女学生「茅《かや》」と書生「雄生《ゆうせい》」の仄《ほの》かな恋心とその別れを、二人が逢瀬《おうせ》の度に語り合う菅原道真《すがわらのみちざね》の人生と別れに重ねて描いた『白菊の夢～セ・デウスキゼル』という小品だ。

「脚本家さんって、よくもまあこんな話を書けるわよね……っていうか、普通に思いつかないと思うんだけど。菅原道真っていうとさ、私なんて梅好きくらいにしか思ってなかったんだけど、白菊なんて好きだったんだね……それに、『セ・デウスキゼル』って、

どういう意味？　というか何語？」

　緑はページを繰りながら、ぶちぶちと文句を云っている。選んでおいてそれはないだろう……と部員たちはちょっぴり思ったが、緑の云う事ももっともだ、とも思っている。

「あ、それ私知ってますよ。ポルトガル語で『se deus quiser《セデウスキゼル》（神様がお望みならば）』って云う意味ですよ」

　二年生の礼子《れいこ》が発言すると、周囲が「お〰〰」と云う感じでどよめいた。

「ちょっとみんな、今の『お〰〰』って何よ。私が知ってたら可笑《おか》しいとでも云うの？」

「いや、まあ……普通に驚くでしょう。ポルトガル語なんて習ってもいないんだし？　そもそも何で礼子がそんなこと知ってるのよ」

　緑が茶々入れ半分に礼子に聞き返す。

「え、いや……親戚《しんせき》が海外に居てたまに遊びに行くんですけれど、その時に覚えました。挨拶《あいさつ》の時に使うんですよ、これ」

「挨拶？　『神様がお望みならば』って挨拶するの？」

「ええ、例えば『Ate amanha! se deus quiser《アテアマーニャセデウスキゼル》（また明日、神様がお望みならば）』とか、そんな風に使うんです」

「へえ、流石《さすが》にキリスト教のお国柄ね。っていうか、礼子にそんなことを教えられるのって、なんだかちょっとショックだわ」

　緑が戯《ふざ》けて見せると、部室は軽い笑いに包まれた。

「だから、それってどういう意味ですか……」

話は配役のことから大分脇道《わきみち》に逸《そ》れていってしまい、結局奏がヒロインを演じることは、なし崩しに決まってしまったのだった……。


「へえ……それでお姉さま、今年もヒロインに決定しちゃったんだ」

その夜、奏は妹である薫子《かおるこ》の部屋にティーセットを携《たずさ》えて遊びに行くと、演劇部で起こった事を話して聞かせた。

「ええ、そうなのです。私としては、ヒロインの親友役が心情的にとても深くて、演じ甲斐《がい》のある役かな……と思っていたのですけれど」

「ま、外部編入組のあたしとしては嬉《うれ》しいかな。去年のお姉さまの舞台は見られなかった訳だしね」

奏に淹《い》れてもらった紅茶を美味《おい》しそうに啜《すす》ると、薫子は満面の笑みを浮かべてそう答える。

「そ、そんなに大したものでは無かったのですよ?」

一方の奏は顔を真っ赤にして否定するけれど、薫子の方も譲らない。

「何云ってるの……クラスのみんなに聞いた話じゃ、ボロ泣きした生徒が続出したって話じゃない……今更そんな事云ってもダメダメ」

情報は既に仕入れ済み、そんな謙遜《けんそん》は聞く耳を持ちません……薫子はそう云って笑い、奏の劇が楽しみだ、と締めくくる。

「そ、それでね薫子ちゃん……あの、私ちょっと、薫子ちゃんにお願いがあるのですけれど……」

奏をからかっていた薫子だったけれど、そんな奏のお願い事に、今度は薫子の顔が真っ青になったのだった……。


「な、七々原《ななはら》さんっ、二年の周防院《すおういん》さまがお見えよっ！」

次の日の昼休み。一年B組の「受付嬢」柏葉冴子《かしわばさえこ》は、大慌てで薫子のところに転がり込んで来た。

「ええっ⁉」

「あの、演劇部の周防院先輩がっ⁉」

クラスメートたちは冴子の言葉を皮切りに、にわかに色めき立ちはじめる。

「あ、奏お姉さまが？　ありがと、冴子さん」

そんな冴子やクラスメートに対して、薫子は特にあわてる風もなく……弁当の包みと一冊の本を取り出すと、廊下へと歩いて行く。

「奏お姉さま、お待たせ」

「いいえ。ごめんなさいね、薫子ちゃん」

「良いって……じゃ、行きましょうか」

「ええ」

楽しそうな奏と、それに付き合うのんびりとした様子の薫子。更にその様子を教室の窓から顔を出して鈴なりに眺めるクラスメイトたち……一種異様なその様相は、にわかに事件の雲行きを漂わせ始めていた……。

「……ね、薫子ちゃん?」

「ん?　なに?」

それから数日が経《た》ったある晩、夕食の食器を洗っている薫子に、横で一緒に片づけものをしていた初音《はつね》が話しかけた。

「あの……ね、薫子ちゃん。私、今日変な噂《うわさ》を聞いてしまったんですけれど……」

「噂……?　一体どんな」

いつもの事ながら、少しおどおどした云い回しの初音に、薫子は優しく話しかける。

それは、薫子なりに編み出した初音とのコミュニケーション方法だった。

普段通りに薫子の喋《しゃべ》り方で接してしまうと、初音は縮こまってしまって、返事すら出来なくなってしまうのだった。最初こそ苦笑気味だった薫子だったけれど、奏に「世の中には色々な人が居るものなのですよ」と諭《さと》されてから、自分の考えを少し改めるようになった。そうして向き合ってみると、初音というのはとても女の子らしい、優しい女の子だということがよく判《わか》った。

「薫子ちゃんがね……その、奏お姉さまをまるで手下みたいに扱ってる……っていう噂なの」

「なっ……なによ、それ」

最初の「なっ」で初音がビクッと身体《からだ》を震わせたので、薫子はそこで思い留《とど》まると語気を和らげた。

「どうも周りから見ると、そういう風に見えるみたい……私は薫子ちゃんのことも、奏お姉さまのこともいつも見ているから、二人がどんな関係なのか、判っているつもり。でも……」

「学院のみんなからすると、そういう風には見えない……と。なるほどね」

「奏お姉さまが薫子ちゃんを迎えにいらっしゃるんですって？　多分、その辺も悪い噂の原因になっているのではないかしら……」

初音はか細い声だけれど、非常に理知的に女性心理というものを分析している。こと こういった部分に関して、薫子は自分などよりも余程初音のことを信用している。

「そうね……」

肯《うなず》く薫子に、初音は微笑《ほほえ》みかける。

「でも、薫子ちゃんはそう云った状況を……変えるつもりはないのよね？」

「……何で、わかるの？」

あっさり考えていたことを看破《かんぱ》された薫子は、驚いて初音を見詰める。

「ふふっ、薫子ちゃんは奏お姉さま絡みになると本当に頑固ですから。でも、そんな薫子ちゃんの気持ち、私にはよく解《わか》りますから」

「……ご炯眼《けいがん》、恐れ入るね」

　薫子は、自分の小さな……けれど理解のある友人に敬意を表すると、少しばかり頭を掻《か》いた。それは、恥ずかしくなった時に見せる薫子の癖《くせ》だ。

「その……あたしとしてはさ、奏お姉さまが楽しそうにしてるのを邪魔したくないんだ。本当に……それだけなんだけど」

「ふふっ、薫子ちゃんって本当に奏お姉さまのことが大好きなのですね」

「いや……そんなことは。ただ本当に、あの人が笑っているのを見るのが、あたしはすごく、好きなんだ。それだけだよ」

　普段傲岸《ごうがん》な感じの薫子が、こう云う時だけは珍しく、顔を赤らめて恥ずかしがる。そして初音は、そんな薫子の姿を見るたびに、彼女の優しさに触れるのだった。

「だから初音……その、奏お姉さまにはこのことは、その……」

「解っています薫子ちゃん。私からは絶対に……でもいずれにせよ、いつかは奏お姉さまにも伝わってしまうでしょう。由佳里お姉さまが気付くかも知れませんし、それに」

「そうね……心ない人間もいるでしょうしね。でも良いの……あたしは、あたしが出来ることをするだけよ」

　初音は、この長身の颯爽《さっそう》とした友人が頼もしく、そしてそんな人の友人になれたことを誇りに思っていた。

「……はい。さ、洗い物も終わったし……そろそろ由佳里お姉さまにお茶をお持ちしなくちゃ」

「さて、じゃあ私はそろそろ部屋に戻ろうかな」

対照的な二人、行動は異なるけれど目的は同じ……お姉さまとお茶を楽しむ為《ため》に。

「ふふっ……本当に薫子ちゃんのところは『逆転姉妹』なのね」

でも初音は知っていた。どんなにあの二人の上辺が逆転していようとも、姉はちゃんとした「姉」であり、妹は甘えん坊な「妹」なのだと云うことを……。


「薫子ちゃん、お水は？」

「あ、うん。もう要らない。ありがとう奏お姉さま」

奏が薫子の教室を訪ねてくるようになってもうすぐ二週間が経過しようとしていた。

相変わらずテラスや食堂で甲斐甲斐しく薫子の世話を焼く奏の姿があった。

「じゃ、そろそろ行こうか」

「ええ」

そして二人が居なくなると同時に、その場所は噂話の温床《おんしょう》になっていった。

「ねえ、いくら寮での妹だからって、あの態度は一体どういう事なの!?　奏さまを召使いか何かだとでも思ってるの！」

「それに、食事が終わるといつも二人で何処《どこ》かへ居なくなるじゃない……一体何処で何をしているのかしら……」

噂は尾ひれを大きくしながら学院内を席巻し、それは、最後に大きな事件を引き起こそうとしていた……。


「『秋の海辺が、こんなに情緒のあるものだったなんて……私存じませんでしたわ』」

「『今日は折良く小春日和《こはるびより》ですからね。人は居ませんけれど』」

「『ふふっ、そんな寂寥《せきりょう》としたところも素敵です！』」

「『茅さん、そんなにはしゃぐと、砂に足を取られて……』」

「ええと……ここで砂に足を取られて、茅が雄生に抱き留められて、二人で倒れ込む……のですね」


昼休みの屋上——ここで薫子は、奏の為に演劇の稽古《けいこ》の相手役を買って出ていた。読み合わせはもう終わり、奏は体を動かしながら、舞台同様の立ち稽古を行っている。

「えっ、倒れ込むの？　でも、ここはコンクリートだから……本当にやったらちょっと危ないんじゃないかな」

「ああ、そうね……じゃあ倒れ込んだところからにしましょうか」

そう云うと奏は立ち上がり、上手の舞台袖《ぶたいそで》を仮想した床溝の上に立った。

「薫子ちゃん、ト書きどうなっていたかしら……」

「ええっと……確か上手から歩いて出てきて科白《せりふ》四つでしょう？　二つめの科白で茅がくるっと一回りするっていうト書きがあったから」

「えっと、こうでしょうか……」

奏は先ほどの科白を二つ唇の上で唱えると、まるで恋人に甘えるように楽しそうな笑顔で、軽くスカートのプリーツを翻《ひるがえ》し、くるりと回ってみせる。

「回っている最中に雄生の科白、で、そのタイミングで茅が足を取られる、雄生が抱き留めて、倒れる」

「『ふふっ、平気ですこれくらい……きゃっ……⁉』」

そんな薫子の言葉に合わせて、まるでその場に相手役が居るように、滑り、抱きつく振りをして、倒れる奏。

「わわっ、お姉さまっ！」

ばさっ！

コンクリートの床に倒れ込みそうになった奏を、慌てて抱き留める薫子。

「だからお姉さま、危ないから本当にやらないでって……いま云ったばっかりじゃないですか、もう！」

「あはっ、いけません……そうでしたね」

奏は楽しそうに微笑む。どうも演技のことに集中すると、他のことや注意力がなおざりになってしまうようだ。

「まあ……怪我《けが》がなければ、それで良いんですけどね」

「ありがとう、薫子ちゃん、せっかくですから、このまま練習を続けましょうか」

「そうですね。確かに丁度こういう体勢になるはずですし……って、お姉さま？　まさかわざと転んで見せたんじゃないでしょうね……」

「あははっ……ばれてしまいましたのですね」

今度は軽く舌を出すと、にっこりと笑ってみせる。薫子は、ただそれだけで二の句が継げなくなってしまう。

「んもう……じゃあはい、続けますからね」

「はい、お願いします」

薫子は、奏を片腕で抱いたままで台本を検《あらた》めると、次の科白を読み始める。

「『ほら、だから云わぬことではないではありませんか……』」

その科白に拍子を合わせると、奏はそっと薫子の胸に顔を埋め、それからゆっくりと顔を上げて、潤んだ瞳《ひとみ》で薫子の方を見上げた。

「『申し訳ありません……でも雄生さん。今は少しだけ、このままで……』」

奏の潤んだ瞳に見詰められると、読み合わせを忘れたかのように薫子は動かなくなった。それはまるで、奏の瞳に吸い込まれてしまったかのように……そして、奏はそっと薫子の首元に額を当てると、柔かく薫子にしなだれかかった。

「か……」

薫子の唇が微《かす》かに何か言葉を紡ごうとした、その瞬間だった。

「七々原さんっ！　貴女《あなた》は一体何をしているのですっ……！」

「!?」

もの凄い剣幕を感じさせる声に驚いて、薫子がそちらへ顔を向けると、誰もいなかった筈《はず》の屋上に、いつの間にか十数人の女生徒が立っていた。どの生徒の表情も怒りに燃えている。

「何なの、あなた達……!?」

薫子は奏と二人、自分がどんな姿勢で居るのかも忘れて声を荒らげる。だがどうもそれは彼女たちには逆効果であったようだ。十数人が一斉に口を開くと、それぞれが重なり合って、理解できない罵詈雑言《ばりぞうごん》を吐き出した。ただ、その言葉の総《すべ》てが薫子を暗に責めている……と云うことだけは、途切れ途切れに聞こえてくる言葉の断片から理解した。

「あ、あの……皆さん……」

それは奏の耳にも入ったのだろう……奏が控えめな音量で、女生徒たちをなだめようとする。だが、奏が言葉を続けるよりも早く、相手の中から一際目立つ容姿の女生徒が現れて、奏の言葉をかき消した。

「七々原薫子さん……貴女は奏さまの妹という立場でありながら、奏さまの尊厳を損ない、侮蔑《ぶべつ》しましたね。私たちはその行為を許すことが出来ません！」

高々と宣言するその生徒の瞳には、どう例えるべきなのか……高潔というか、嫉妬《しっと》に燃えたと云うべきか…とにかく、そんな表情で薫子を睨《にら》み付けていた。

「誰《だれ》が一体、いつそんな行為をしたというの……云い掛かりも大概にして欲しいわね。それで、貴女方は一体どうしたいのかしら？」

売り言葉に買い言葉、薫子は持ち前の気性の荒さで相手に食って掛かる。奏が押し留めようとするのも聞かずに薫子は奏の肩をぐっと抱いた。

「くっ……私たちの代表と、勝負なさい！」

……勝負。

その的外れな単語と的外れな考え方に、薫子は笑った。笑ったが、薫子は彼女たちを許せなかった。恐らく弁明すればそれで済むだろう。でもお姉さまを――奏をそういう眼《め》でしか見ることの出来ない連中を、薫子が許すことなど出来なかったのだ。

「わかった……その勝負受けてやる」

「か、薫子ちゃんっ!?」

薫子に肩を抱かれたままで事の推移を見守るしかなかった奏は、その言葉に驚いて薫子を見る。

「負けたらあんたたちの好きなようにすればいい。だがあたしが勝ったら今まで通り、好きなようにさせて貰《もら》う……それでいいな？」

「さて……ねえ」

結局、彼女たちの代表とやらと勝負をする事になってしまった。

その事について、別に薫子は何とも思ってはいなかった。

「しかし、フェンシング……とは、ちょっと困ったわね」

薫子にしても、お嬢さま学校の生徒が殴《なぐ》り合いやつかみ合いの喧嘩《けんか》を吹っ掛けてくるとは思っていなかったものの、まさかそんな珍妙な勝負方法を提案されるとは、さすがに思ってはいなかったのだ。

「由佳里さん……誰か居ません？　フェンシングをぱぱっと教えられるような、そんな知り合い」

夕食後のお茶を楽しんでいる時間、薫子は困った表情で由佳里を見る。

由佳里は愉快そうに、隣で機嫌を悪そうにしている奏と困惑する薫子の表情を見較《みくら》べると、おもむろに口を開いた。

「そうね……お忙しいかも知れないけど、一人だけ、居ることは居るわね」

「えっ……!?」

対照的だった二人の表情が、一緒に驚愕《きょうがく》の表情でもって由佳里を見る。由佳里はそれが可笑しくて、くすくすと笑いながら言葉を続ける。

「いいわ。お願いしてみるね……ただ、教えてもらえるかどうかは、薫子次第……かしら」

意味ありげな言葉に、仲を違《たが》えていたはずの二人はお互いの顔を見合わせると、何とも云えない心地で由佳里の顔を見たのだった……。

「まさか、そんなことで私にお呼びが掛かるとは……思いもつかなかったことだけど」

次の休み、寮に由佳里の云う「心当たり」の人物がやってきた。

「ま、宜《よろ》しいんじゃありませんか？　瑞穂《みずほ》さんにとっても、可愛《かわい》い妹である奏さんの為ですからね」

由佳里に「奏の一大事」と呼ばれてやって来たのは、元奏の「お姉さま」であるところの宮小路《みやのこうじ》瑞穂、その人である。一緒にいるのは先代の生徒会長・厳島貴子《いつくしまたかこ》、そして瑞穂と貴子の大学の友人であり、瑞穂のひとつ前のエルダーであった十条紫苑《じゅうじようしおん》だ。

「そうですよ瑞穂さん。奏ちゃんが困っているのですから、ここはひとつお姉さまとして助けて上げなくてはね」

瑞穂は自分が呼ばれた理由にも驚いたけれど、貴子や紫苑の楽天ぶりにも苦笑してしまった。スポーツというものは、そう簡単に上達出来るものでも無いのだけれど。

「ま、出来るかどうかは解らないけれど……それにしても、随分《ずいぶん》と思い切りが良いわよね、薫子ちゃんは」

以前遊びに来た時に紹介されていたので、今更それほど驚きはしなかったけれど、勝負を挑まれてこれほどけろりとしている女の子は珍しい。瑞穂はそう思っていた。

「で……あの、瑞穂さまって、フェンシングはお強いのですか……？」

　薫子は薫子で、まさか瑞穂が助っ人だとは思ってもいなかった。物腰も柔らかくて女らしい……そして華奢《きゃしゃ》な彼女にそんな芸当が出来るとは、薫子は全く思っていなかったのだ。

「さあ……それは何とも云えませんけれど。薫子ちゃん、確か剣道は強いのよね？」

「え、一応三段ですけれど……」

　薫子の年齢で三段となると、それは最高位と云って良いだろう。瑞穂は肯くと優しく微笑んだ。

「一応聞いておくわね……どうして勝負なんてしようと思ったの？　それは優しい奏ちゃんを悲しませるだけなのではないかしら？」

　瑞穂の優しい声……けれど薫子はその声と裏腹な、瑞穂の厳格な眼の光りに気付かされ、思わず姿勢を正した。

「お姉さまを――奏お姉さまをあんな風に、見せ物か何かみたいな眼でしか見ることの出来ない連中を、あたしは許すことなんて……出来ません」

「薫子ちゃん……」

　瑞穂を見据えると、一音一句強い口調でそう答えた薫子を、奏は驚きの表情で見詰めた。

「……良い子ね、薫子ちゃんは」

　瑞穂がそう云って笑うと、傍《そば》で見守っていた貴子と紫苑が互いを見つめ合って微笑んだ。

「期間がそれほど無いから付け焼き刃になってしまうけれど……そうね、必ず薫子ちゃんを勝たせてあげるわ。但し、ちょっと厳しいわよ？　いいかしら」

　薫子は瑞穂の眼を見る……そこには間違いのない強さが宿っていた。薫子には、最早瑞穂の強さを疑う理由がなかった。

「よろしくお願いしますっ……瑞穂お姉さま！」

　そして、瑞穂の薫子に対する猛特訓が始まった……。

「もっと速く！　緩急をしっかり付けなさいっ！　ファント《突き》！」

　カッ……ンッ！

　二人の持つ剣《エペ》が甲高《かんだか》い音を立てて交叉《こうさ》する。

「重心をもっと前に！　もう一度！」

　カッ……ンッ！

「頭ではなく、体で距離を叩《たた》きこみなさい！　ルトレット《後退》！」

「わわ……っ！」

　キャリリ……ッ！

　瑞穂の一閃《いっせん》で、巻き込まれた薫子の剣は外に弾き出されてしまう。

「それでは突いて下さいって云ってるようなものでしょう……ほらしっかり！」

「はいっ……！」

カッ……カンッ！

フェンシングは剣を扱うスポーツとはいえ、剣道とは全く異なる。軽い剣で相手を突くことに特化したフェンシングでは、剣道と違い、剣を片手に持ちもう片方の腕は突きを繰り出した体勢を素早く戻す為のカウンター・ウェイトの役割を果たす。

体を真横に開き、打突面積を減らし、大腿部《だいたいぶ》の力とバネを活かしたステップワークで敵を翻弄《ほんろう》する。相手の剣をかいくぐり、その胸に自らの剣を突き立てる……そういう競技なのだ。

「薫子さん、良い勘をしていらっしゃいますわね。もう瑞穂さんの動きに対応し始めていますよ……この調子なら、本当になんとかなるかも知れませんわね」

「ええ……ふふっ、それにしても瑞穂さんったら、始める前はあんなに嫌がっていらっしゃいましたのに……やっぱりそう云うところ、男の方ですね」

紫苑と貴子はそう云いながら観察の手を緩《ゆる》めない……彼女たちは観客として、そして観察者として優秀だった。瑞穂の気付かない薫子の手癖や無駄な動きを指摘し、改善させるのは彼女たちの手腕と云えた。だが、そんな彼女たちを以《もっ》てしても、薫子にこの短期間でフェンシングをものにさせるのは容易ならざる事と云えるのだった。

そして勝負の日は、刻一刻と迫りつつあった……。

「はぁ……い、いたたぁ……」

薫子の長身でスレンダーな肢体《したい》が湯船に沈むと、その唇からなんだか年寄り臭い呻《うめ》き声が上がった。

「瑞穂さんって、手加減ないんだもの……」

そう云って指でなぞる身体には、幾《いく》つもの痣《あざ》が出来ていた。すべて瑞穂の剣で突かれた場所だ。

「でも、あの人は凄い……本当に凄い」

由佳里には「瑞穂は剣道も有段者だ」と教えられている。一体あの人に出来ないことはあるんだろうか……薫子はそんなことを考えていた。

カラカラカラ……。

「あの……薫子ちゃん、入っていらっしゃいますか？」

浴場の引き戸が開くと、奏の声が聞こえてきた。

「あ、はい……入ってますけど」

「……ご一緒しても構いませんか？」

「あ……ええ。ちょっと、恥ずかしいですけど」

恥ずかしいのは、一緒のお風呂が……ではなくて、体中が痣だらけだから。

「失礼しますね……あ」

奏は薫子に近づき、そこで足が止まる……それは、痣だらけの彼女の肢体を見た所為《せい》だ。

「これは……奏の所為、なのですね」

奏は薫子の前にそっとひざまずくと、手のひらでそっと薫子の痣に触れた。

「……違いますよ、お姉さま。これは、あたしが勝手にしてることだから」

薫子は、自分の痣に触れている奏の手を、自分の手で更に包み込んだ。

「お姉さまは、この学院に融《と》け込めなかったあたしを、こんなに大事にしてくれる……それが嬉しいの。だから、そんなお姉さまがしたいことを邪魔させたくないの……それだけは」

それだけは守りたい……奏が薫子に自分の素性《すじょう》を――奏が孤児であることを薫子に打ち明けてくれた時、薫子が自分自身に課した誓いだった。

「薫子ちゃん……」

奏はゆっくりと立ち上がると、薫子の身体を優しく抱きしめた……。

「ではこれより、試合を行います。七々原薫子――」

審判を買って出た紫苑の声に、薫子が競技場に進み出、構え線《ピスト》の上に立つ。

「――一条和枝《いちじょうかずえ》」

相手は聖應《せいおう》女学院フェンシング部きってのエースを出してきた……それは姑息《こそく》とも云える手段だったが、つまりは最初からこれが狙《ねら》いだったのだ。

だが、薫子は臆《おく》することもなく和枝と対峙《たいじ》した。こういった火事場の度胸は薫子のある意味独壇場《どくだんじょう》とも云えた。

「アン・ガルド《構えて》!」

紫苑の掛け声を合図に二人は同時にガルドの姿勢を取る。

「エト・ブ・プレ《用意はいいか》?」

二人とも何も答えない……沈黙は「諾《よし》」の理《ことわり》だ。

場に緊張が駆けめぐる。声を出すものは一人もいない……。

「アレ《始め》!」

シャッ、シャリリッ……!

開始の合図と同時に相手が仕掛けてくる。薫子を素人と踏んで、有効打を取りに出たのだろう……だが薫子は相手の手筋を冷静に見極めて剣を操り、受け流す。

「ちっ……」

相手は薫子が冷静なことに気付き、一歩下がろうとする……その時!

ダン……ッ!

「っ……!?」

一瞬の隙《すき》を縫《ぬ》って、薫子が基本の型通りに綺麗《きれい》な突撃《フレッシェ》を見せる。

「ええ……っ!?」

集まった女生徒達の間に動揺が拡《ひろ》がる……そして、有効打を示すランプが点灯した。

「アルト《やめ》！　有効打です、一条さん」

　紫苑は和枝を指差すと、競技を中断し、今の薫子の突き《トウシュ》が有効であったことを告げる。和枝は面頬《マスク》の奥で信じられない……という表情をしたが、直ぐに我に返ると構え線の上まで戻った。

「まずはひとつ取ったわね」

「瑞穂お姉さま……」

　奏と瑞穂もそばで勝敗の行方を見守っていた。

「今回は四本制ですから、あと二つ突きを取れれば薫子ちゃんはまず勝てる……でも、相手も今の突きで目が覚めたみたいだから、次はこうはいかないでしょうね」

　互いに構え線の上に戻ると、ガルドを取って合図を待つ。もう薫子を見る和枝の眼からは余裕が消えていた。

「……アレ《始め》！」

　カンッ！

「くっ……！」

　今度は薫子が和枝の速さに眼を見張る番だった。動き出したと思った瞬間には、予想した位置よりも更に先にやってくる。

「さすがエースね……綺麗な動きだわ」

　そういう瑞穂も、視線を試合から離さない。

シャリリッ……キュッ、カッ、カンッ……！

その場にいるものは、みな無言で二人の戦いを見守った。耳に届くのは二人の剣が交錯する音と、リズミカルな足音だけ。

シャリリッ……！

「……っ！」

ダン……ッ！

「あ……っ！」

奏が小さく声を上げた瞬間、和枝の剣尖《けんさき》が薫子の胸に綺麗に吸い込まれ、ランプが点灯した。

「アルト《やめ》！　有効打です、七々原さん」

これで一対一……場内のざわめきには目もくれず、薫子は構え線に戻る。

「……やっぱり、普通に勝負したら敵いっこないわよね」

「お姉さま……」

「大丈夫よ、奏ちゃん……きっと薫子ちゃんは負けないわ」

「……アレ《始め》！」

薫子は構え線に戻ると、眼を閉じて深呼吸を一度、そしてゆっくりとガルドを取った。

カンッ……！

「あっ!?」

今度は開始と同時に和枝が攻撃に入る。薫子は和枝の連撃に対し、防戦一方に見える。

「薫子ちゃん……！」

奏が押し殺した声を上げた次の瞬間、それは起こった。

シャリリッ……ダァン……！

「……なっ!?」

優位に押していた筈の和枝が思わず声を上げた……突きを入れた筈の和枝の剣は、弾きに入った薫子の剣に巻き込まれ、腕ごと真横に弾き出されてしまったのだ！

そしてランプが点灯する……身体を真横に開かれてしまった和枝の胸の中心を、薫子の剣が貫いたのだ。

「プリーズ・ド・フェール《剣喰らい》……」

予想もしなかった光景に、場内は静まりかえる……初心者の筈の薫子が、和枝の剣をまるで怪傑《かいけつ》ゾロか何かのように自らの剣で巻き取ると、腕ごと弾いたのだ……！

「アルト《やめ》！　有効打です、一条さん」

宣言をした紫苑も、驚きを隠せないでいる。

「さすが……薫子ちゃんは良い格闘センスをしてる。多分、もう勝ったわね」

瑞穂はそう云って笑う。実は瑞穂は、薫子に基本的な動作以外では、プリーズ・ド・フェールしか技を教えなかった。短い期間で薫子が勝つには、基本的な部分をしっかりと叩きこんだ上で、相手の意表を突くしかないと考えていたからだ。

だから瑞穂は、フェンシングを教えるのと一緒に、薫子に合気道術の短刀取りを練習させた。相手の剣を絡め取るタイミングを、そしてそれを見極める「眼」を養う為だ。

「ちょっと荒療治だったけれど、素質があったのね、薫子ちゃんには……」

そして最後のランプが点灯する。初心者同然と思っていた薫子が放ったプリーズ・ド・フェールは、和枝の動きを鈍らせるのに十分な効果があった……薫子が最後の一撃を和枝の胸に叩きこんだのだ。

「アルト《やめ》！」

そして呆気《あっけ》に取られる観客を前に、高らかに紫苑の声が響く。

「勝者……七々原薫子」

外した面頬の隙間から零《こぼ》れる長い髪に、きらきらと美しい汗がきらめいていた……。


「もう、いいですか！　薫子ちゃん！」

……その夜。

「あんなに喧嘩はいけませんからって、口を酸っぱくして云っておいたのに！」

「ご……ごめんなさい。でもあれは喧嘩じゃなくて勝負で……」

「口答えしないのです！」

「は、はい……」

薫子は奏に正座させられると、お説教が始まった。

「大体、いくら薫子ちゃんが喧嘩に強いからって……負けたらどうするつもりだったのですか！」

「いや、まあそれは……その……」

捲《まく》し立てる奏に、薫子はたじたじになってしまっている。

「そもそも、元々が誤解でしかなかったんですから……あんな勝負なんてしなくても丸く納まっていた筈じゃありませんか」

「その……ご、ごめんなさい……」

もう奏に何を云われても、薫子からはその言葉しか出てこない。

「……もう、でも」

「えっ……」

「嬉しかった……のですよ」

「……お姉さま」

見つめ合う二人に、一瞬の間……けれど。

「でもっ、二度とやっちゃ駄目ですから！　いいですねっ!?」

「は、はい……」

何だかんだと云って、そこは姉と妹……やはり姉は「姉」であり、妹は「妹」なのだった。

……但し、次の日からは妹も学院中の注目を浴びることになってしまうのだけれど。

いと小さき、君のために

「おはようございます！」

「おはようございます、お姉さま！」

冬晴れの空の下。朽ち葉の桜並木には、それでも爽《さわ》やかな処女《おとめ》たちの清麗な声が谺《こだま》している。

「ええ、おはようございます……今日も良い天気ですね」

その中で一際、処女たちの視線を一心に受ける少女の姿があった。

たおやかな黒髪には緩《ゆる》やかなウェーブが掛かり、その黒い瞳《ひとみ》には理性的でありながらも、優しげな光が宿っている。

「おはようございます……かぐやの君」

そう云われて振り返るのは、今年度のエルダーにして生徒会長、菅原君枝《すがわらきみえ》その人である。

「……お、おはようございます。葉子《ようこ》さん……ねえ、その二つ名は恥ずかしいからやめて頂けませんか？」

声を掛けたのは、二年連続で生徒会副会長を務める門倉《かどくら》葉子だ。

「どうして？　せっかく評判を博した生徒会劇『かぐや姫』から付いた名誉ある二つ名だっていうのに」

君枝は表情を変えずにからかいを入れてくる葉子に、困ったような視線を向けると、直ぐに二人並んで歩き出した。

――エルダー。「エルダー・シスター」制度。

英語に直せば「Elder sister《一番上の姉》」という意味で、「全校生徒の頂点に立つ生徒」と云う意味合いを持つ。聖應《せいおう》女学院に古くから伝わる制度だ。

学院生活の中で「エルダー・シスター」では些《いささ》か長いので、日本人らしく文意を無視して「エルダー」と略し呼ばれるようになった。手本となる最上級生を生徒たち自らが選出するという制度で、年に一回六月の末に発表される。生徒会役員たちが前期役員の指名推薦プラス信任制で決定されるのに対して、エルダーは全生徒の支持によって誕生し、その発言力は時に現職の生徒会長をすら凌駕《りょうが》することがある。

エルダーに選出されるには総有効票数の七五パーセント以上というとんでもない得票数が必要で、達しない場合は空席となってしまう。ただ、得票者が他の得票者を支持することによってその人物の持つ得票自体が支持した相手に譲与《じょうよ》加算されるといった、独特のシステムも存在するため、エルダーが空席になる場合はそれほど多くない。

エルダーとして選出された生徒は、七月から卒業までの間全校生徒から「お姉さま」と尊敬を込めて呼ばれることになる。奇妙な話だが、同学年である最上級生たちからでもやはり呼び方は「お姉さま」である。それこそが「Elder sister」と呼ばれる由縁《ゆえん》ではあるのだけれど。

「……エルダーに選ばれた時は、私に二つ名なんて絶対に縁はないだろうって……そう思っていたのに。だいたい、葉子さんだって『帝の君《みかど》』って呼ばれるの、嫌がっていたじゃないですか……」

双方共に、学院祭の生徒会劇の役名がそのまま付けられた二つ名だった。君枝は「かぐや姫」、そして葉子は「帝」……そんなはまり役で劇は大成功。そして、二人には役名そのままの栄誉有る二つ名が定着したのだった。

「私はいいのよ……ただの副会長なんだから。でも、君枝は会長である前に『エルダー』なのだから。二つ名くらいは甘んじて受けないとね」

「……はあ、そう云《い》うだろうとは思っていましたけれど」

君枝の性格的に、本来自分が目立つような行動は忌避《きひ》しようとするのが当然ではあるのだが、こと立場がエルダーともなればそうも云っては居られない。そして君枝は、敬愛する貴子《たかこ》にその意志を託された以上、そこから逃げることなど……これまた彼女自身の性格が許さなかった。

結果的に君枝は、周囲の助言やサポートに助けられながら、真実「エルダー」としての度量と、器量を手に入れつつあった。

「まあ、私も君枝がそんなに頑張るとは思ってなかったから……嬉《うれ》しい誤算だったわね、そこは」

「だ、だって……まさか私、貴子さまやまりやさまが卒業後までお手伝いして下さるなんて、思ってもみなかったんですもの」

貴子の談によると、まりやは君枝に光るものを見出《みいだ》したらしく、卒業後も良く貴子を引き連れて学院に足を運んでは、君枝に化粧やヘアケア、スキンケアに関するハウツーを叩《たた》きこんでいった。

「ああ。でもあれはどうも……本音はあなたと一緒に貴子さまも鍛えるのが目的だったらしいわよ？」

「えっ……そ、そうなの……？」

「まりやさまが貴子さまのセンスを見るに見兼ねて……君枝さんを教える振りをして、付いてきた貴子さまも一緒に鍛えていたらしいわね」

葉子にそう云われて、君枝はその時の様子を思い浮かべていた。

「そ……そう云えば、私よりも貴子さまの方が沢山怒られていて……あれはお二人の性格的な部分がそうさせているのかと思っていたのだけれど……そう云うことだったのね……」

貴子が瑞穂《みずほ》との「初デート」に、私服と云って豪奢《ごうしゃ》なロングドレスを着て現れたことは、今年の生徒会の間では伝説的な語り草になっていたから、その話を聞かされて君枝も素直に納得した。

「まりやさまの性格的に、貴子さまの為《ため》だけに教える……というのは恥ずかしくて嫌だったのでしょうね……ふふっ、変なところで素直じゃない人よね。まりやさまは」

そう葉子は分析しながら、愉快《ゆかい》そうに笑った。

「それにしても……本当に君枝は綺麗《きれい》になったわね」

「えっ……そ、そうかしら……そんなことは……」

元々几帳面《きちょうめん》で生真面目《きまじめ》な君枝のことだ。やり方さえ判《わか》ってしまえば、毎日のケアだろうと欠かすはずもない。君枝の化粧はみるみる効果を上げ始めた。そばかすもすっかり消えた今では、その美貌《びぼう》と玉の肌……そして流れる黒髪は学院の憧《あこが》れと呼ばれるに相応《ふさわ》しいものとなっていた。

「だめですよぉ副会長、会長を誘惑しちゃぁ～」

「……可奈子《かなこ》」

肩口までのウェーブヘアをぴょこぴょこと揺らしながら、後ろから二人の前に回り込む元気いっぱいの少女。二年連続で生徒会書記を務める烏橘《うきつ》可奈子だ。

「おはよう、可奈子さん」

「おっはようございまぁ～す。会長、今日も綺麗～」

「あ……ありがとう、可奈子さん……」

二年生になっても、彼女の独特の会話ペースは健在で、葉子からはいい加減にその喋《しゃべ》り方をやめるようにと云われているのだが、本人は全くそしらぬ顔である。

「そうそう、今日は確か、放課後は会議でしたよね～？」

「ええ、そろそろ次期生徒会の人選を進めないとね」

「早いものね……もうそんな時期なんだ」

葉子の声には、珍しく感慨が籠《こ》もっている。

「あまりに目まぐるしかったから……色々なことがあったのに、本当にあっという間でしたね」

「そうね……あら、もうチャイムの鳴る時間ね。急ぎましょう君枝、可奈子」

葉子の声に急《せ》かされて、少しだけ歩くペースを速くする。聖應の生徒たるもの、スカートを翻《ひるがえ》して走り回る訳にはいかないのだから……。

「おっはようございま～す！」

元気な挨拶《あいさつ》と共に自分のクラスに飛び込んだ可奈子は、自分の机に鞄《かばん》を放《ほう》り、くるりとその場でターンすると窓際の方を向いた。

「おはよう。それにしても、可奈子はいっつも朝からテンション高いわよね……」

「ふふっ……おはようございます、可奈子さん」

最初に挨拶を返したのがクラスメイトの上岡由佳里《かみおかゆかり》、そしてその後に続いたのが周防《すおう》院奏《いんかな》。この三人は、2-Cの有名人トリオと云われている。

可奈子は無論、一年生の頃から生徒会に参加している俊秀《しゅんしゅう》として。

奏は、二年生にして演劇部の副部長であり、その上演出と演技指導を部長と共に担当し、今年の学院祭では去年に引き続きヒロイン役を熱演、見た者を涙と感動の渦に叩きこんだ張本人である。その時の役名と、抜けるような白い肌の色を掛けて「白菊《しらぎく》の君」の異名で呼ばれるようになった。

そして由佳里は、二年になった早々三年生の部長と意見を対立させた後、自らが部長に就任。二年生にして陸上部を引っ張る立場となった。

これは「陸上部事変」として語り継がれることになり、その後良く一緒に行動していた奏の対極として、由佳里はその陽《ひ》に灼《や》けた肌の色から、「琥珀《こはく》の君」として知られるようになったのだった。それと共に料理の腕前の話なども拡《ひろ》がり、異彩の運動少女としてその校内に於《お》ける人気を不動のものとしたのだった。

「そうそう、二人にちょっとお願いがあって～」

挨拶も済まないうちに可奈子は奏たちに次の話題を切り出す。まあ、奏たち二人にしてみればもう慣れっこなので、可奈子の方に向き直って話の続きを待った。

「今日の放課後、生徒会室でちょっとした会議があるんだけどぉ……良かったら二人とも、ちょぉっと手伝ってくれないかなあ～って」

可奈子はそう切り出すといつものニコニコ顔で笑う。二人が断るなんて、夢にも思っていないと云う顔だ。

「私は別に構いませんけれど……由佳里ちゃんには陸上部の練習があるんじゃありませんか？」

奏がそう云って由佳里の方を見る。由佳里は小さく肩を竦《すく》めると、笑って可奈子の方を見る。

「確かに練習があるんだけど……可奈子がこういうお願い事をする時ってさ、なぜか必ず強制的に出席させられるんだよね、大体はさ」

すると可奈子は、不服そうに頬《ほお》をふくらませる。

「あ～、ひっどいなあ……私ってば無理に頼んだことなんて一度もないのになぁ」

確かにそうなのだ。だが可奈子が頼み事をした途端、何故《なぜ》かもう一方の用事が急にキャンセルになったり、その用事が片づいてしまっていたりするのだった。

「まあ良いよ。で、その会議って……何をするのよ？」

「それはぁ…出席してのお楽しみってことでぇ……」

由佳里の質問に、可奈子は楽しそうに微笑《ほほえ》んだ……。

「気にならない、と云ったら嘘《うそ》よね」

昼休み。食堂に集まった寮住まいの四人は、各々の大好きなメニューを携《たずさ》えていつもの席に座っている。

「まあ、この時期ですから……次期生徒会のメンバー選出に関《かか》わることなのではないか……とは、薄々推測しては居ましたけれど……」

由佳里の問題提議に奏が答える。そして、その横でパスタを頬張っていた薫子《かおるこ》が、少しワイルドな感じのする切れ長の瞳を由佳里に向けた。

「でも、そんな生徒会の会議にどうして由佳里さんと奏お姉さまが呼ばれるんです？」

「だーかーら、学院に居る時はあたしにも『お姉さま』って付けろって云ってるじゃないの……ホント、癖《くせ》が抜けないわね薫子は」

「すみません、裏表の無い性格なもので……あはは」

能転気な由佳里と薫子の遣《や》り取《と》りに、由佳里の隣に座っていた初音《はつね》がおずおずと口を挟む。

「えっと……本題から大分ずれてしまっているのですけれど……それで、どうしてお姉さま方はその会議に呼ばれているのですか？」

「それはね……現生徒会が、私か由佳里ちゃんのどちらかを……生徒会長に指名しようと考えているのではないか……っていうことなのよ」

「そ、それ本当なの!?　奏お姉さま！」

奏の言葉に驚く薫子。初音も同様だ……その言葉に由佳里の方を見詰めている。

「ま、あれよね。可奈子と一緒のクラスになったのがまずかったと云えばまずかった……」

由佳里は過去を思い出すかのように腕を組んで、考え込む振りをした。
「まあ、可奈子さんにしても悪気がある訳ではないのですから……」
「……当たり前よ。あれで悪意があったら史上最悪の策謀家になれるって、あの子」
可奈子と一緒のクラスになって以来、二人は何かと可奈子の頼まれごとに関わってい
た。大抵それは生徒会がらみの仕事で、今考えてみると、それらが全部役員候補への布
石になっていることは明らかだった。
姉たちの会話を聞きながら、薫子と初音はお互いの姉の顔を覗《のぞ》き込む。
「でも奏お姉さま……由佳里お姉さまもそうだけど、二人とも部活があるんだし、生徒
会になんて関わってる暇は無いんじゃありません？」
「そ、そうですよ……お二人とも部長と副部長なんですし」
薫子の直球な意見に、初音が控えめに援護射撃をする。
「まあ、それは私たちも解《わか》っているのよ初音。でも、この場合は私たちがどうしたいか
……と云うことが問題になるのではないのよ」
「そうですね……指名して頂けることは名誉だとも思うのですが、私たちにもやりたい
ことは有りますからね。演劇部を辞めてまで生徒会に入ろうとは思いませんし」
「そうよねえ……」
取《と》り敢《あ》えず、四人で悩んでいてもこの問題が解決しよう筈《はず》もないので、冷める前に昼
食を済ませることにした。

「さて、皆さんをお呼びしたのは他でもありません……来年の生徒会メンバーとして、ご参加頂けないかをお伺いする為です」

――放課後。

職員用の会議室――その議長席に座った生徒会長・菅原君枝の口から、暖かみのある……けれどはっきりとした強い口調の言葉が室内に響き渡った。

「本来、生徒会の活動は生徒自身の意志によって進んで行われるものであり、押しつけられて行うものではありません……ですがその業務の性質上、何らかの適正な資格や能力が求められるのです。本日は私どもがそれを認め、相応しいと思われる方を集めさせて頂きました」

副会長の葉子が君枝の言葉を引き継ぐと、集会の趣旨を簡潔に説明した。

その場に集められたのは一年生、二年生合わせて一五人ほど……その中には奏や由佳里も当然として、何故か薫子と初音の姿があり、姉二人は驚きを隠せなかった。

しかもその集められたメンバーを見る限り、既に部活動や委員会で活動している人間がほとんどであり……それはつまり、決定は一筋縄ではいかないことを暗示している。

「……君枝会長、質問があります」

本筋であろう話し合いが始まる前に、由佳里が挙手して会長に話しかけた。

「なんでしょう、上岡さん」

「その、ここに選ばれたっていうのは……一体どういった基準で？」

不信感たっぷりの由佳里の表情に、君枝は思わず顔を綻ばせると、口を開いた。

「先ほど副会長が説明しましたように、適正な資格、例えば優れた事務処理能力を持っている方や計画処理能力を持っていらっしゃる方々。そして、生徒会を運営して行くに相応《ふさわ》しい……そう、統率力を持っていらっしゃる方――」

その言葉と同時に、君枝は由佳里を見て微笑む。

「そう、例えば……二年生にして陸上部の体制を刷新し、そのリーダーになった上岡《かみおか》由佳里さん、貴女《あなた》のような」

「な……!?」

「そしてご自分の敬愛するお姉さまの為に、決闘も辞さなかった正義感の持ち主……七々原《ななはら》薫子さん、貴女のような」

「ええっ……あ、あたしっ!?」

突然自分の名前を呼ばれ、後ろの席で様子を見守っていた薫子も立ち上がって声を上げた。

「聖應女学院生徒会は……その伝統も引き継ぎながら、常に新しい風を吹き込んでいかねばなりません……OGのお姉さま方に、つまらない学校になったと云われぬ為にも……ね」

――話は五月、若葉の頃《ころ》へと遡《さかのぼ》る。

「はっ、はっ、はっ、はっ……」

春、桜の花が散って青葉の揺らぐ並木道に、二つの足音が響いていた。

「大丈夫？　初音……少しペース落とそうか」

「い、いえっ……も、もう少しがんばりますから……っ……」

二人の影は石畳《いしだたみ》を横断すると、そのままジョギングコースへと入って行く――。

「はぁっ、はぁっ、はぁっ……」

校庭の隅に仰向けに倒れ、大きく胸を上下させて苦しそうに呼吸する……そんな初音の傍らに、由佳里は屈み込んだ。

「大丈夫？　無理はしなくて良いのよ」

心配そうに覗き込む由佳里に、初音は苦しそうな表情に、微《かす》かな笑顔を加えて見せた。

「はぁ、はぁ……私、いままで運動ほとんどしていなかったから。罰が当たってるんだと思います……」

「あら初音ったら……運動って云うのは義務でするものじゃないのよ？」

「ふふっ、そうですね……」

寮での妹になった初音は、由佳里に「自分も陸上部に入りたい」と云った。

由佳里としては反対する理由もなかったので快く迎え入れたが、初音は学校の授業以外では全く運動の経験が無く、そんな初音の面倒は必然的に由佳里が見ることになった。

「でも、初音がこんなに頑張るなんて思ってもみなかったな……もっとすぐに音を上げると思ってた」

由佳里は、初音の額に汗でへばりついた髪を整えてやりながら、楽しそうに微笑んだ。

当初、初音のあまりの足の遅さと体力のなさに辟易《へきえき》し掛けた由佳里だったのだが、一生懸命に努力しようとする初音の一途《いちず》さに打たれ、今ではこの健気《けなげ》な妹の面倒を見るのが楽しくて仕方がなくなっていた。

「あ、ああの……くすぐったいです、由佳里お姉さま……？」

「え？　あ、ああっ⁉　ご、ごめん！」

髪を整えてやっていたつもりが、考え事をしているうちにいつの間にか初音の頬を撫《な》でてしまっている自分に気付いて、あわてて手を引っ込めた。

きょとんとして見詰め返す初音を、由佳里は女の子ながら可愛《かわい》いな……と思ってしまう。

自分にはない、女の子らしい部分を詰め込んだ子……由佳里は初音を見るたびにそう思う。

白い肌に綺麗な淡い菫《すみれ》色の瞳、内気な性格とか細い声……まるで硝子《ガラス》のように輝く、波打つ綺麗な髪……どうして自分はこんな風に生まれてこなかったのか、そういった想《おも》いと共に、そんな子が自分のことを慕ってくれていると思うと、何とも云えない嬉しい気分になってしまうのだった。

「初音はさ、家族が転勤で寮に来たって云ってたよね」

「あ、はい……父が海外へ転勤になりまして。まさか自分が寮暮らしになるなんて、思ってても見ませんでした」

由佳里はそんな初音に、今まで聞き損ねていたことを聞いてみようと思った。

「そう云えばさ。妹決めの時、初音はあたしが姉で嬉しいって云ってたよね。あれってどうして?」

「えっ……あの、ですね。本当は知っていたんです……その、由佳里お姉さまのこと」

「そうなの?」

今まで初音はそんなことをおくびにも出さなかったので、由佳里は少し驚いた。

「去年の学院祭……私、中等部からこちらの校舎にお邪魔したんですよ。それで、由佳里お姉さまのクラスの喫茶室に行ったんです」

「ああ……」

去年由佳里が所属していたクラスでは、由佳里たちの提案で本格的な紅茶とデザートを供する模擬店を開いたのだった。

丁寧《ていねい》に淹《い》れられた上質な茶葉を使った紅茶と、その茶葉の種類に合わせて焼かれた数種類のケーキのセットに、たちまち評判が評判を呼び、初日から早々に用意したメニューが完売してしまうほどの大人気を博したのだった。

「もうびっくりするほど美味《おい》しくて、どんな人が作っているんだろうって……すごく気になっていたんです。そうしたら、丁度お店にエルダーのお姉さまがご来店になって」
「あいたー、あれ見られてたのか。恥ずかしい……」
「クラスの皆さんにすごく頼りにされていらっしゃって。素敵だなって、そう思ってい
て……あ、いけない」
　話しながら息の整った初音は、ゆっくりと起き上がると由佳里を見た。
「あの、お姉さま……これでは、いつまで経《た》ってもお姉さまがご自分の練習にお戻りに
なれません。私、自分で練習しますから、お姉さまはどうか……」
　由佳里は初音に心配そうに見詰められると、はっと我に返った。
「え、あ……うん、大丈夫よ。もう少し付き合うから。後輩の指導だって、あたしの部
活内容のうちなんだからね」
「お姉さま……ありがとうございます」
　由佳里の返事に、初音は掛け値無い笑顔で歓《よろこ》びを表現する。そんな笑顔に見惚《みほ》れて、
由佳里は気付いていなかった。
　……周囲にあった戸惑いの視線に。

「えっ、あの……？」
　次の日、いつものように初音の練習に付き合っていると、由佳里は部長である三年の
多岐川千佳《たきがわちか》に呼ばれた。

「ですから……上岡さんは少々、皆瀬《みなせ》さんに手を掛けすぎなのではないかと、そう云っているのよ」

由佳里が云われたことを反芻《はんすう》して考えていると、千佳の言葉が畳み込むように続けられた。

「……紀香《のりか》や美和《みわ》が居てくれれば、私も上岡さんにこんなことを云う必要は無いのだけれど。まりやお姉さまも、余計なことをして下さったものね」

千佳の一言に、由佳里は何かカチンと来た。それが「まりやの妹」である由佳里に対しての間接的な嫌味であることにすぐ気が付いたからだ。

紀香と美和という二人の先輩は、由佳里の『姉』であるまりやによって「陸上部を辞めさせられた」ことになっている。現部長である千佳としては、仲の良かった二人が「辞めさせられた」経緯に納得がいっていないかったらしい。それが、まりやの在学中には云い出せなかったことが、ここに来て噴出してしまったのだった……。

「そんな云い方は無いじゃありませんか……まりやお姉さまだって、好きでそうしたわけじゃ……無いかも知れないのに」

思いも掛けなかった由佳里の反抗に、千佳は微かに眉《まゆ》を吊《つ》り上げた。

「好きでも何も、嫌がるあの子たちを無理矢理辞めさせたじゃないの……」

「千佳部長……」

「とにかく良いわね。上岡さんも、皆瀬さんの世話は程々にして、他の新入生たちの指それ以上口を動かすことは出来なくなってしまっていた……。

由佳里はそんな千佳の表情に理不尽を感じたけれど、まりやの決心のことを思うと、

導に回って頂戴《ちょうだい》」

「……そんな事になっているとはね」

その日の午後、寮には奇《く》しくも卒業したまりやがやって来ていた。アメリカで入学準備に追われている時期だったけれど、丁度親の用事で日本に戻ってきていたのだ。

「すみません、折角遊びに来て下さったのに……こんな話」

「いんや、そう云う話をするのも楽しいもんよ。そう、千佳がそんなことをねえ……」

由佳里が淹れたロイヤルミルクティーを楽しみながら、まりやは何事か考えている。

「ま、初音ちゃんを猫っ可愛がりしていた由佳里にも問題はあるかも知れないけど、それとこれとは全然次元の違う問題だしね」

「はあ……でも、最上級生のお姉さま方は皆さん、楽しそうに新入生の指導をなさっていたと思うんですけれど……そんなことを云われると、少し考えちゃいますね」

そう云って困った顔をする由佳里に、まりやは「やれやれ」と云った感じに笑うと、ぱんぱんと肩を叩いた。

「ほれほれ、いつまでも腐ってないで……今日は約束通り、初音ちゃんにあたしのお古持って来てやったんだから、そんな顔するな」

「あは、そうでしたねっ！」

そう笑顔で返事をした由佳里だったけれど……結局そのあと、由佳里の表情が晴れることは無かった。


「例えば、あたしが千佳に何か云ったとして……」

夜の並木道。帰るまりやを学院の正門まで送り届ける途中、まりやは突然話し始めた。

「それは根本的な解決にはならないわね……あたしが居なくなればまた同じ所に逆戻り。千佳がそんな子だとは思わなかったけど……ま、部長としての器がなかったのね」

まりやはそういって一方的に千佳を責めるけれど、由佳里はそう思っていなかった。自分の方にも非を認めて……けれど、千佳の言動にも納得がいっていなかった。

「まったく、由佳里は損な性分だなぁ」

「きゃっ、いた、いたたっ……！」

そう云ってまりやは、急に由佳里の頭をグリグリと撫でる。

「……いい？　由佳里。あたしの事なんてどうでも良いんだ。悪く云われるなら云わせておきな。それに、あんたがあたしの妹だからって、あんたが引け目を感じることじゃないよ」

「まりや、お姉さま……」

「今のあんたは……陸上をすごく『楽しんでいる』。それは確かに大会で勝ちたいとか、そういう『競争心』を求める方向からはずれているかも知れない。でもね、学校の部活なんていうのは、それで良いんだと思うのよ……そもそも聖應の陸上部なんて、どう頑張ったって地区大会止まりのレベルなんだから」

「でも……良いんでしょうか……」

「良いと思うよ、少なくともあたしは。大事なのは『やる気』と『頑張った想い出』さ……あたしも別に、記録が出ないとか、周りに悪い影響があるっていう理由だけで紀香たちを辞めさせた訳じゃないんだからね」

「お姉さま……」

まりやは由佳里の頭から手を離すと、軽くウィンクをして見せた。

「あんたがやりたいようにやんなさい。楽しんだモン勝ちなのよ、こういう時は……じゃね！」

気付くと二人はいつの間にか正門の所まで来てしまっていた。軽く手を振ると、まりやは由佳里の方を振り返らず、楽しそうに歩いてゆく。その背中には後悔も逡巡《しゅんじゅん》も感じられなかった。

「まりやお姉さまっ！　ありがとう！」

聞こえていないように見えるその背中に、けれど由佳里は、大きな声で叫んだのだった。

「あの……宜《よろ》しかったのでしょうか」

その夜、由佳里の部屋にお休み前のお茶を淹れにやって来た初音が、少し顔を赤らめてそう云った。

「……何が？」

「その、まりやお姉さまからのプレゼントです……あんなに素敵なお洋服を何着も頂いてしまって。由佳里お姉さまは一着も頂いていらっしゃらなかったのに」

別に由佳里は遠慮したわけではない。単に自分にそれが似合わないことを解っていたからだ。

一年の頃であればまだしも、今はもうかなり身長も伸びたし、それに何より部活漬けで健康的に日焼けしてしまっている……まりやのお古であるところの、恒例のひらひらゴスロリなんて、着ようと云う気すら起こらなかった。その点、初音はお人形みたいに繊細で華奢《きゃしゃ》だったから、着る衣装着る衣装、まるであつらえたようによく似合っていた。

「そういえば、初音は焼けないね。部活を始めるようになって、結構外にいる時間も多くなったのに」

「日焼け止めをしてるんです。肌が弱いので……かなり厳重に」

何故か申し訳なさそうに、初音が答える。

「そっか……でも初音は肌が綺麗だから、白い方が映えるよね」

由佳里の言葉に、初音は顔を真っ赤にする。

「そ、そうでしょうか……あの、そういうお話なら、お姉さまも小麦色の肌がすごく恰《かっ》好《こう》良い……です」

「え、いや……別に無理して褒《ほ》めてくれなくてもいいよ」

「ほ、本当にそう思いますっ……！」

軽く受け流そうとしたところ、案外に初音が自説を主張してみせたので、由佳里は驚いて目を丸くした。

「そ……それはどうも、ありがとう……」

当の初音は、云ってしまってから顔を真っ赤にして、まるで湯気が噴き出しているかのようだ。そんな初音の様子を、由佳里は楽しそうに眺める。

「本当は……私も由佳里お姉さまと一緒に日焼けしたいんです。でも肌が弱いから、焼けないで真っ赤になっちゃうんです……」

真剣な面持ちでそんな風に話す初音を、由佳里はとても愛《いと》おしく思った。まりやが自分を見ていた時も、こんな気分だったのかな……なんていう風に考えたりもした。そして由佳里は気が付いたのだ。

……今の自分にとって、何が大事なのかって云うことに。

次の日、由佳里はひとつの決心をして、千佳の前に立った。

「千佳部長……その、少し宜しいですか？」

由佳里の表情に何かを感じ取ったのか、千佳の表情も僅《わず》かに硬くなる。

「……何かしら」

少し奥まった場所に移動してから、千佳は由佳里に用件を尋ねた。

「昨日のお話なんですけれど……確かにあたしは初音に注力しすぎていたかも知れません。でもあたし、約束したんです。初音がちゃんと走れるようになるまで教えるって」

由佳里の発言に千佳は「予想通りね」といった目つきをすると、苦々しい表情で由佳里のことを見詰め返した。

「貴女はまりやお姉さまにそっくりね。そんな風に、なんでも自分の思い通りになると思っているところも」

「……っ、まりやお姉さまは関係ありません。そんなに紀香さま達を辞めさせたのが気に入らなかったなら、なぜまりやお姉さまに直接仰有《おっしゃ》らなかったのですか？　あたしに八つ当たりしたって、今更どうにかなるような話ではないでしょう」

「な……っ！」

毅然《きぜん》と由佳里に反論され、千佳は瞬発的にカッとなったのだろう、本人知らずのうちに腕を振り上げていた。

「…………っ！」

叩かれる、と思って目をつむった由佳里だったが、振り下ろされる筈の腕は一向に降りてくる気配がない。

「……何を、っ⁉　紀香さん、美和さん……どうして！」

千佳の狼狽《ろうばい》した声に由佳里が眼を開くと、彼女の振り上げられた手は何者かに捕まれ、未《ま》だ頭上で停止していた。

そんな千佳を押さえていたのは、なんと去年部活を辞めた筈の、紀香と美和の二人だった。

「先輩方……どうして？」

紀香と美和は、由佳里の問いに互いの顔を見交わすと、苦笑いを由佳里に返した。

「まあ一応、何と云うか……自分の最後の責任を果たしに、ってところかしら」

紀香は、そう云ってつかんでいた千佳の腕を放した。

「千佳にちゃんと話さなかった、私たちの責任だからね」

「美和さん……」

突然のことに呆気《あっけ》に取られていた千佳は、名前を呼ばれて美和の方を振り返った。

「ごめん……その、千佳」

「……なんで、美和さんが謝るの？　一体、どういうこと？」

「貴女にはちゃんと云っていなかったけれど……私たちが陸上部を辞めたのは、まりやお姉さまの所為《せい》じゃないの」

紀香の言葉に、千佳は一瞬眼を見開く。そのあと「よく解らない」と云った表情で二人を見詰め返した。

「私たち……その、陸上に対してやる気を失《な》くしていたのよ。そんな時、まりやお姉さまがそれに気が付いて……相談に乗って下さったの」

「けれど、この学院では……なんというか、自主退部はとても居心地の悪いものでしょう？　だから自分たちから辞める勇気もなくて。そうしたら、『私の所為にして良いから』って、まりやお姉さまがそう仰有って」

「誰《だれ》にも……知られたくなくて。千佳にも何も云わずに……だから、ごめんなさい」

そう云って頭を下げる紀香と美和に、千佳は両手を口に当てたまま動かなかった。

「先輩方……」

「私たちの所為で、由佳里にも迷惑を掛けたわね……ごめんなさいね」

「い、いいえ。そんな事は……！」

「私たち、まりやお姉さまには感謝しているのよ。辞めた時にはまだ迷っていて、少しお姉さまの好意を素直に受け入れられなかったこともあったのだけれど……こうして陸上とすっかり離れてみて、それが私たちにとって正しかったって、よく解ったの」

紀香はそう云って由佳里に笑いかけると、放心している千佳の肩に優しく手を掛けた。

「だからね、千佳……貴女にも、自分の思った通りにして欲しい。私たちが部を辞めたことが貴女にとっての重荷になっているのなら……それを私たちの所為にしてくれて良いのよ」

「っ……っっ…………………！」

千佳はそんな紀香の言葉に、声にならない嗚咽《おえつ》を漏らしながら、けれど必死に首を横に振った。

「私……は、紀香さん達と一緒に部活をするのが、とても楽しかったの。それなのにいきなり辞めてしまって……まりやお姉さまが辞めさせたって、そう聞いて。でも、もうその時にはまりやお姉さまは部に顔をお出しになっていなかったし……どうすることも、私にはどうすることも出来なかったから……！」

やがてゆっくりと、震える声で千佳の唇から言葉が紡がれて行く。

紀香も美和も苦しそうな表情で、けれど目を背けずに千佳の言葉に耳を傾けている。

「……ごめんなさい。せめて、千佳にだけは話をしておくべきだったわ……本当に、ごめんなさい」

「紀香さん、美和……さん………」

千佳は二人に優しく肩を抱き留められて、顔を両手で覆うと、ゆっくりと泣き始めた……。

「……由佳里お姉さま？」

校庭に戻ると、初音を初めとした陸上部の部員たちが、心配そうに由佳里の周りに集まって来た。

「それで上岡さん、千佳は？」

下級生の指導に当たっていた他の最上級生たちも、由佳里の方にやって来る。

「千佳部長は……紀香さん達と一緒にお帰りになられました。もう少し、お二人とお話があるそうです」

「そう……千佳さんも最近、随分と気を張っていたみたいだったものね。彼女に部の管理を任せっきりだった私たちにも責任があるわね」

「お姉さま方……」

「上岡さん、貴女の所為じゃないわ。私たちにも落ち度があった……だから気にしないで、ね？」

「はい……ありがとうございます」

三年生たちの慰めの言葉にそう答えながら、こんなに優しい人たちしか居ない場所なのに、どうしてこんな事になってしまうのだろうか……そう、由佳里は思っていた。

そしてきっと、紀香たちを動かしたのは、まりやお姉さまに違いないと、そう考えた。

まりやは学院を去ってしまったが、それでも彼女は自分の「姉」なのだと……そんなまりやの心が、由佳里にはただ、嬉しかった……。

「でも、だからってこんな事になるなんて……」

明けて次の日の放課後、初音を横に引き連れて桜並木をとぼとぼと寮に帰る由佳里の姿があった。

「次の部長を……上岡さん、貴女にお願いしようと思うの」

千佳を筆頭とした三年生たちは、部活にやってきた由佳里に対して、開口一番にそう宣言した。千佳は自分の行動は誤りであったと由佳里に謝罪すると共に、部長職を引退し、後釜《あとがま》を由佳里にする旨、三年生一同で協議して決めたと云うのだ。

まだ一学期も半ばで、三年生も一〇人以上いるのに……と由佳里は抗弁したが、三年生たちは自分たちはサポート役に徹し、協力は惜しまないからと譲らない。そのうち二年生の仲間たちも三年生の味方をして、最終的には初音以外の部内全員からのお願い、と云う形で、由佳里は二年の一学期だというのに部長に押し上げられることになってしまった。

「あの……でもきっと、由佳里お姉さまなら立派に部長職の責務をお果たしになられると思います」

初音はか細い声だけれど、誇らしげに由佳里にそう宣言する。当の由佳里は、そんな嬉しそうな初音を横目で見ながら苦笑する。

「元はと云えば、誰の所為でこんな事になったと思っているのかしら？　初音は」

「えっ……あ、あの……わ、私の所為、なのでしょうか……で、ではどうすれば？」

由佳里の軽い恫喝《どうかつ》に、あっという間に泣きそうな……というか、実際に目元に涙を浮かべると、困惑の表情を浮かべて姉を見上げた。

「……はあ、そんな顔しないでよ。仕方がないわね……じゃ、寮に帰ったら美味《おい》しい口イヤルミルクティーを淹れなさい。そうしたら勘弁して上げるわ」

「ろ、ロイヤルミルクティーですかっ……わ、わかりました！　あ、あの……一生懸命美味しいのにしますから……っ！」

懸命な表情を浮かべる初音に苦笑すると、由佳里は彼女のさらさらの髪をくしゃりと撫でた。

「ん、期待してるぞ……我が妹よ」

「はっ、はい……っ！」

そうこうしているうちに、寮の明かりが見えてくる。

由佳里は頭の中で、まりやが帰りしなに残していった「あんたがやりたいようにやんなさい」という言葉を思い返していた。

「そうね、やってみます。まりやお姉さま」

「あの……何か仰有いましたか？」

「いいや……なんでもない。さ、早く中に入ろう……初音」

「……はい、由佳里お姉さま」

由佳里の差し出した手を初音が嬉しそうに取る。

そうして、由佳里の陸上部部長としての最初の一日が、ゆっくりと終わろうとしていた……。

「どうでしょう、上岡さん……貴女のお噂は可奈子さんからも良く伺いますし、宜しければ少し考えては頂けませんか？　無論、陸上部を辞める必要はないのですから」

――静謐《せいひつ》な会議室の中で。

君枝は、優しい笑顔で集められた者達を見回す……そして、由佳里の上に視線を落とすとにこやかに微笑んで、そう語り掛けた。

「辞めなくても……実質、部活に顔を出している時間は無くなるんじゃありませんか？」

由佳里は険しい表情で君枝を見る。それでも、君枝の笑顔は崩れなかった。

「大丈夫です。幸い次の副会長は可奈子さんでしょうし……彼女なら、貴女を生徒会室に縛りつけておくような事にはしないはずですよ」

君枝はそう請け負った……一体何処《どこ》からそんな自信が出てくるのか、君枝も、そして可奈子もニコニコとした笑顔のままだ。

「あの、お姉さま。いかがでしょうか……お引き受けになってみては」

そう発言したのは、なんと初音だった。由佳里は驚いて初音の方を振り返る。

「ちょ、初音……なにを云い出すの……!?」

「私、ずっとお姉さまに甘え通しでした……陸上ではお返しが出来ませんけれど、こういったお仕事であれば、私、お姉さまのお役に立てると思うんです……それに、由佳里お姉さまは生徒会長に相応しいと思います！」

いつも縮こまっているあの初音が……と思うと、由佳里もそんな溌剌《はつらつ》とした初音に感概もひとしおなのだが……いやいや、今はそんなことを考えている場合じゃない、と思い直した。

「って云うか……いや、そんな事したら初音に走りを教えることも……」

「大丈夫です。私も一緒にお手伝い致しますから！」

「うっ……」

嬉しそうな初音の笑顔……いま一番由佳里の弱いものだ。それを見てしまうと反撃の意志が弱ってしまう。

「ふふっ……面白そうですね。そんな生徒会なら、是非私も参加したいものですわ」

また一人立ち上がる……その姿を見て由佳里と奏は目を丸くした。

「えっ、可奈子……じゃないの!?」

可奈子そっくりの容貌《ようぼう》をしているが、眼鏡《めがね》を掛けており……何よりもその眼鏡の下に見える視線が鋭かった。

「一年E組、烏橘沙世子《さよこ》……可奈子の妹ですわ」

「沙世ちゃん！　生徒会には入らないよって云ってたのに……急にどうしたの？」

「別に……ただ、何もしない生徒会よりは、遥《はる》かに面白そうだと思ったから」

ほわほわとした可奈子と、キビキビとした沙世子の会話……どう聞いても姉妹関係が逆のように聞こえる。

「どうでしょう、上岡さん……きっとやり甲斐《がい》のある、楽しい仕事になると思うのですが」

「由佳里お姉さま……」

君枝と初音……いや、その場にいる参加者総《すべ》てから見詰められて、由佳里はため息を吐《つ》いた。

「……まりやお姉さまにも云われた、あたし、損な性分だって」

そう云って由佳里は肩を竦める。

「でも、こうも云われた……『やりたいようにやんなさい。楽しんだモン勝ちなんだ』って……悔しいけど、今、ちょっとだけ『面白そうかも』って思った……あたしの負けね」

「お姉さま……！」

「ね、可奈子……あなた本当に、私が陸上部も兼任できるようにしてくれる？」

「……それは、姉に変わって私が保証します。面白そうですし」

由佳里の言葉に、何故か妹の沙世子が笑みを返す。

「わ、沙世ちゃんが保証するなら、私がおっけ～するまでもないなぁ……」

「一体、あなた達姉妹は何者なのよ……」

由佳里は呆《あき》れた。だが、自分が段々と楽しくなってきているのも感じていた。

「……決まりね。本当に良かったわ」

そう云って君枝が嬉しそうに笑い出す……その瞬間に、君枝が実は最初から自分にしか狙《ねら》いを定めていなかったことに気付いた。つまり、他のメンバーは囮《おとり》だったのだ……道理で他の部やクラブの要職者が集められている筈だ……。

「では皆さん……未来の新会長に、惜しみないエールをお願い致します」

君枝の一言で、部屋には拍手が溢《あふ》れる。これでまた一歩、少女たちは歩き始めるのだろう……新しい歴史に向かって。

新しい年は……

「今日こそは主《しゅ》の御業《みわざ》の日、今日を祝い喜び踊らん。どうか主よ、私たちに救いを。そしてどうか主よ、私たちに栄えをもたらされんことを。アーメン」

「アーメン」

奏《かな》の唇から紡がれた詩編《しへん》に続いて、その場にいる皆が粛々《しゅくしゅく》と祈りを捧《ささ》げる……そして。

「メリー、クリスマース！」

一転して、口から溢《あふ》れ出すのは楽しそうな掛け声。今日は聖誕祭――クリスマスの夜。寮ではお祈りもそこそこに、クリスマスパーティーが賑《にぎ》やかに始まろうとしていた。

「今日は頑張ったからね。一杯食べてよね」

「わぁ……!!」

「凄《すご》いなぁ、めちゃめちゃ豪華……」

テーブルには、中央に置かれた七面鳥《ターキー》を初めとして、沢山の美味《おい》しそうな料理が並んでいた。主に由佳里《ゆかり》の手によるものがほとんどだ。

「……あたし、七面鳥の丸焼きって本物……初めて見た。これも由佳里さんが作ったの？」

薫子《かおるこ》が驚きと共にそう呟《つぶや》いた。

「まあね。どうせそんな風には見えないって云いたいんでしょ？　解《わか》ってるわよ」

「いや、もうそんなことは……由佳里さんが料理する時の手際良さはもう何度も見てるから。ただ、レシピも無しにこんなのが作れるなんて、さすがに凄いなって」

「初めて作る料理の時は、当然レシピは見るわよ……でも、料理をずっとしていれば、その素材にはどんな特性があって、どんな組み合わせが良いのかっていうのは、自然と理解出来るようになるものよ……音楽の絶対音感みたいなものかしらね」

「ふ～ん、凄いもんですね」

「あら、薫子だってちょっと瑞穂《みずほ》お姉さまに鍛えられただけで、フェンシング部のエースに勝てたじゃないの」

「いや、あれはその……」

「それと一緒よ……人にはね、それぞれ何か羨《うらや》ましがられるものがあって、でも自分はそれに気付いていないいんですって。あたしはお姉さま方にそう教わったわよ？」

「……そんなもんですかね。ま、いいか」

疑問もそこそこに、薫子はテーブル一杯に拡《ひろ》がる料理に手を伸ばす。

「ふふっ、まったくお気楽なんだから、薫子は」

「本当に、すごく綺麗《きれい》に焼けていて……ナイフを入れるのが勿体《もったい》ないですね。こんな美味しそうな七面鳥は私も初めてです」

こんがりと狐色に焼き上がった七面鳥を見て、初音が小さく溜息《ためいき》を吐《つ》く。

「あら、これはナイフを入れるともっとすごいのよ？」

由佳里はそう云って、ざっくりと七面鳥の背にナイフを入れていく……すると、食堂中に香ばしくて食欲を刺激する良い匂《にお》いが拡がり始めた。

「ふぁ……すごく美味しそうな匂いがしてきました」

「お腹の中に、香辛料や野菜の詰めもの《フィリング》がしてあってね……お肉と一緒に食べると凄く美味しいのよ」

「本当、由佳里ちゃんのお料理の腕は学院一ですね」

「あはは、奏ちゃん。それは褒《ほ》め過ぎね……じゃ、切り分けちゃうわね」

降誕祭の聖夜、と云うよりもやっぱりクリスマスパーティー……の夜は、そんな風に楽しくも賑やかに過ぎていった。

「では、ケーキを切りますよ？」

「あは、待ってました！」

ゆったりとした夕食も済んで暫《しばら》く、食後の紅茶と一緒にクリスマスケーキを切ろう、と云《い》う話になった。

「ふふっ、でも……お料理がとても美味しかったから、お腹《なか》がかなり苦しいです」

苦笑いと共に、初音《はつね》が困った顔をする。

「あら、じゃあ初音はいらないのかしら……ショートケーキマニアの奏ちゃんが厳選して買ってきたものだから、きっと間違いなく美味しいと思うわよ？」

「たっ、食べますっ……その、甘いものは入るところが別って云うじゃありませんか」

からかう由佳里に、初音が顔を真っ赤にする。

「あの、由佳里ちゃん？　その、ショートケーキマニアって云う呼び名は、ちょっと……」

「あは、でも奏お姉さまは苺《いちご》ショートのことになると目の色が変わるじゃない？」

「もう、薫子ちゃんまで……！」

「あはははははっ……！」

食堂に楽しそうな笑い声が谺《こだま》する。どうやら、誰も否定してくれない所を見ると、寮の中では既定の事実であるらしい。

「さ、由佳里ちゃん。お紅茶をどうぞ」

「ありがと。しかしこれで明日から冬休みか。もう今年も終わりだね……初音は親御さんの所に行くんだっけ？」

「あ、はい……年末年始くらいは顔が見たいですから。でもその、英語とか全然駄目なので……出来ればお母さんたちが帰ってきてくれる方が、私としては嬉《うれ》しいのですけれど」

「ニューヨークに転勤してるんだっけ？　大変だね」

「由佳里お姉さまもご実家に？」

「うん。まあ、帰っても帰らなくてもあたしはあんまり変わらないんだけどね……さて、じゃあケーキに取りかかるとしよっか」

由佳里はそこで会話を切り上げると、フォークをつかんでケーキを手許《てもと》に引き寄せた。

それは、身寄りのない奏が、どこにも帰る宛《あ》てがないことを知っているからだった……。


「さ、薫子ちゃん……どうぞ」

——夜も更けて、就寝前のティータイム。

いつものように薫子と奏がお茶を楽しんでいる……のだけれど。

「なんかもう、お腹いっぱいで……お茶も厳しいカンジだね」

四人で散々ご馳走《ちそう》を楽しんだ挙げ句、小さいとはいえ丸《ホール》ごとのクリスマスケーキを四等分にして平らげたのだ。薫子のそんな言葉も当然と云えば当然だった。

「ふふっ、そう思ってお紅茶はカップに半分にしておきました」

「あは、さすがお姉さま」

「いえ、私もちょっと……お腹が一杯で」

そんな奏の言葉に、二人は思わず互いを見ると笑い出した。

「そう云えば、薫子ちゃんは冬休みはお家にお帰りになるのですか？」

「私？　うーん、特に帰る予定は無いかな」

軽く質問した奏に、薫子は軽く返したのだけれど、それでも奏は驚いた。

「えっ、あの。帰らない……のですか？」

「うん。特に帰って来いとも云われてないし、殊更《ことさら》家族に逢《あ》いたいって訳でもないしね」

「薫子ちゃん……」

奏が心配そうな顔になると、薫子は笑った。

「別に家族と仲が悪いとか、そう云う訳じゃないから」

特段無理に笑いを作っているとか、そういう感じには見受けられない……薫子の受け答えは全く普通のもののように見える。

「奏お姉さまは、確か瑞穂《みずほ》さんのお家にお邪魔するんだったよね？　去年もそうだったって聞いたけど」

「え、ええ……そうなのですよ」

去年は、奏が一人寮に残って新年を迎えることを心配した紫苑《しおん》たちが、みんなで新年を迎えられるようにと、奏を瑞穂の家に招待してくれた。今年もそうしようと、紫苑から電話を貰《もら》っていた。

「でも、それでは薫子ちゃんがお正月に一人になってしまいます。良かったら私と一緒に……」

　奏がそう云い掛けると、薫子が手を振ってそれを止めた。

「いやいや……瑞穂さんとこってすっごい大きな豪邸なんでしょ？　私はちょっとそういうのは遠慮したい。あたしは寮でのんびりしてるからさ、お姉さまだけで行ってきてよ」

「そ、そうなのですか？」

「うん。まあ……ちょっとね。大きな家とか苦手なんだ。あたし」

「薫子ちゃん……」

　奏はそんな風に戯《ふざ》ける薫子に、どんな言葉を返して良いのか解《わか》らなくなってしまった……。


「じゃ、二人ともまた来年ね」

「ええ」

「えっと、じゃあ薫子ちゃん……良いお年を」

「ああ。初音もね……飛行機に乗り遅れないようにね？」

　――二九日。由佳里と初音はそれぞれ家族の元へと帰って行った。

「それにしても、初音も大変そうだね。飛行機には乗りたくない、日本語が通じない場所には行きたくない……だけどお母さんには逢いたい、なんてね」

「初音ちゃんは日本にいても人見知りさんですからね。言葉が通じなかったらきっともっと大変でしょうね」

「まあ、あんまり行きたく無さそうではありましたね……それにしても、一足先に大掃除が済んじゃってるから、あんまりすることがないな」

終業式も明けて次の日、寮では大掃除が行われた……すぐ帰省する生徒がいるのだから、まあそれは当然と云って良いスケジュールだろう。

「それなら薫子ちゃん。年越しのお買い物に行きましょうか」

「年越しの準備っていうと……何かありましたっけ」

「一応、コンビニは元日からやっているとは思いますけれど……少しお正月らしい準備くらいは有っても良いんじゃありませんか？」

「お正月……っていうと、家的《うち》にはカレーなんだよね」

「ええっ⁉」

薫子の発言に奏がびっくりした顔になった。

「あ、あれ？　何か可笑《おか》しかったかな……」

「い、いえ……その、薫子ちゃんのおうちでは、お正月にはカレーを食べるのですか？」

「え、うんまあ……大きな鍋にカレーを大量に作ってさ。三が日ずっとカレー」

「た、確かに『おせちも良いけどカレーもね』ってテレビで云ってましたけどね……」

でもまさか、おせちを一足飛びにして三が日カレーを食べている家があるなんて……

そう思うと、コマーシャルって凄い。奏はそう思わずにいられなかった。

「と、取《と》り敢《あ》えずお買い物に行きましょう？　来年のカレンダーとか、買わなきゃいけないものは、きっと一杯あると思うのですよ」

「ん、まあ……お姉さまがそこまで云うんなら、行こうかな」

一方の薫子は暢気《のんき》なもので、奏の心配なんて何処《どこ》吹く風と云うように感じられた……。


「ただいまー」

「ただいま帰りました」

買い物を済ませて戻ってきた二人の声が玄関に響く。けれど、無人の寮でそれに応《こた》える者はいない。

「…………」

「どうかしましたか？」

靴を脱いで廊下に上がると、薫子が珍しく神妙な顔をして、廊下の奥を見詰めている。

「いや……この寮って、こんなに静かだったんだなって」

「薫子ちゃん……」

そんな寮の様子に、さすがの薫子も幾分かは寂しさを覚えたのだろうか。

「お茶、淹《い》れましょうか」

そんな薫子に、奏は優しく笑い掛ける。

「あ、うん……そうだね」

　奏に促されて、薫子も食堂に入る。半日空けただけなのに、廊下にはもう冬の冷気がじんわりと漂っていた……。


「さ、薫子ちゃん。お紅茶をどうぞ」

「ありがと、お姉さま」

　テレビではニュースが、年末で忙《せわ》しなさそうに賑わう全国の街の様子を紹介している。

「あの……ですね、薫子ちゃん」

「ん、なんです？」

「聞いて良いのか解りませんが……薫子ちゃんは、ご両親と仲が悪いのですか？」

「え……ああ」

　薫子がそれだけ云って手を止めた。食堂にはただ、テレビの音声だけが響いている。

「……別に、親爺《おやじ》のことが嫌いなわけじゃないんだ。ただね……ただ、あの家は好きになれなくて」

「薫子ちゃん……」

　困惑した表情の奏に、薫子は笑い掛ける。

「あたし、母さんの顔を知らないんだ。あたしを産んで、暫くしてから死んじゃったとかで……だから親爺が一人で頑張って育ててくれてさ。まあお陰で、あたしはこんなオトコオンナになっちゃったわけだけど」

苦笑しながら薫子は続ける。

「そんな親爺だから、あたしは尊敬してるし好きだけど……でも、親爺の会社は嫌い。そんな仕事で大きくした家も、好きになれないんだ」

そんな仕事で儲《もう》けたお金で育った自分も嫌い——薫子の横顔が、まるでそんな風に泣いているように——奏には思えた。

「まあ、そんなわけで家は好きじゃないんだ。それと、あそこで迎えるお正月もね……知らない人間が一杯来てうざったいし」

「……そう、なのですか」

「ごめん、お姉さま……そんな顔しないで」

いつの間にか奏の瞳《ひとみ》には、小さな涙の粒が光っていた。

「私こそ……薫子ちゃんに話したくないことを聞いてしまったみたいで」

「ううん。なんか……その、心配されて嬉しかったから。だから泣かないでよ」

薫子はポケットから少し縒《よ》れたハンカチを取り出すと、慌てて奏の涙に添えた。

「ん、ごめんなさい……」

奏は薫子からハンカチを受け取ると、そっと涙を拭《ぬぐ》った。

「……ありがとう、お姉さま」

困惑したような、嬉《うれ》しいような……そんな複雑な表情で、薫子は奏に一言そう云って微笑《わら》った。

「……はあ」

部屋に戻り、ドアを閉めると——奏は小さく溜息を落とした。

「薫子ちゃん……」

奏の脳裡《のうり》に、困ったように微笑う薫子の姿がこびり付いていた。

確かに、そんな理由があるのなら、薫子は本当に家に帰りたくはないのだろう。奏もそれは良く解っていた……けれど。

だけどそれは、薫子がこの寮で正月をたった独りで過ごすこととは全く関係ない。奏は、薫子が誰も居ない廊下を眺めている姿を思い出していた。そして、その様子を昔の自分に——やはり寮の中で独りぼっちだった、自分の姿に重ねていた。

「……やっぱり」

奏は部屋を飛び出すと、慌ただしく階下へと降りていった……。

「……あら？」

とある大学の研究室で、携帯電話のコール音が鳴り響いた。

「どなたかしら……」

ほっそりとした優雅な指が、バッグの中から電話を取り出す。

「もしもし？　十　条《じゅうじょう》ですが……ああ、奏ちゃん」

電話を取ったのは奏にとってのもう一人の『お姉さま』である十条紫苑《しおん》であった。

「どうかしたのですか？　ええ、ええ……まあ」

奏からの電話に微《かす》かに驚きを覗《のぞ》かせる紫苑……その様子を傍らで窺《うかが》っている女性がいた。紫苑の友人であり、奏が目標として憧《あこが》れている人。昨年の生徒会長であった厳島《いつくしま》貴子《たかこ》、その人だった。

「そうですか……そう云うことならば。いいえ、奏ちゃん。それはとても素敵なことだと思いますから……ええ。気にしなくて構いませんから」

紫苑は奏を諭《さと》すように優しく返事を返すと、ゆっくりとその通話を終わらせた。

「紫苑さん……奏さんはどうかなさったのですか？」

紫苑の所属する国文学の研究室――貴子は紫苑と一緒に大学の図書館を訪れて、その帰りに一緒にお茶を飲んでいるところだった。

「それがどうも、年末に瑞穂さんの家にお邪魔するのを取りやめにしたい……と云うことらしいのですけれど」

「まあ……どうしてです？　奏さん、あんなに楽しみにしていましたのに」

「どうも、薫子ちゃんがご実家に帰らないということらしくて……それが心配みたいです、奏ちゃん」

「そうですか……ふふっ、でも奏さん。そんなところ、もう立派なお姉さまなのですね」

「妹が出来れば、姉というのは自然としっかりするものですから……ですがこのままでは何だかすっきりしませんね。私が奏ちゃんをぎゅっとする計画にも支障が出てしまいますし」

「し、紫苑さん……言葉に考えがストレートに出過ぎだと思いますが。けれどそうですね、折角のお正月の計画が無駄になってしまうのも勿体《もったい》ないですし」

紫苑と貴子は互いの顔を見合わせると、同時に何かを思いついたようで、

「……戻って、瑞穂さんと相談をしてみましょうか」

「ええ、そうですわね」

そう云って二人は、微かに笑い合った。


「薫子ちゃん、起きて……起きて下さい」

こんこんと、繰り返し薫子の部屋の扉が叩《たた》かれる。

「う……うんん、ど、どうしたの奏お姉さま……」

「朝ご飯の用意が出来ましたから」

「え、ええっ⁉」

奏の言葉に、寝惚《ねぼ》けていた薫子がバッと起き上がった。時計を見ると、もうそろそろお昼を回ろうかと云う時間になっていた。

「もう少し、ゆっくり寝てようかなって……そう思ってたんだけど」

奏が食堂で用意をしていると、もそもそと薫子が起き出してきた。

――今日は三一日。寮母さんは今日から来年の四日まではお休みになっている。だから別に、起きなくても問題はないのだけれど。

「だって薫子ちゃん、自分で朝ご飯とか作らなそうだったから」

「んん……確かにそうですけど。って、うわ……豪華な朝ご飯が」

テーブルの上には、普段寮母さんが用意してくれるレベルか、若しくはそれ以上……と云うくらいに豪勢な朝ご飯が用意されていた。

「さ、冷めないうちに食べましょう？」

寝惚けている薫子の混乱を余所《よそ》に、奏は楽しそうに微笑んでいた……。

「お姉さま、ごめん……」

「えっと、マーマレードですか？」

「うん。ありがと」

二人だけのブランチ。優しい時間に、冬のゆったりとした陽射《ひざ》しが静かに食卓に降り注いでいる。

「……あのさ、お姉さま」

「はい？」

「お姉さまは、瑞穂さんの家に行くんじゃなかったっけ？」

もう昼を過ぎている。奏はとうに出掛けても良い時間の筈だ。

「行きません」

「えっ」

苺ジャムをトーストに塗りながら、何でもないことのように奏がそう答えた。

「で、でも……」

「何処にも行きません。ここにいます」

「お姉さま……」

満面の笑顔でそう返す奏に、薫子はしばらく言葉を失ってしまう。

「……私がいては、邪魔ですか？」

「えっ!? そ、そんなことないって！」

「そうですか。良かった」

これ以上なにを云っても、きっと奏には敵わない……そう思った薫子は、少し苦笑気味に肩を竦《すく》めて見せた。

「お姉さまって、案外頑固なのかも」

「薫子ちゃん程ではないと思いますけれど……ふふっ」

「あはっ……」

二人は眼《め》を合わせると、そのまま噴き出して笑ってしまった。

「でも、お姉さまのそういう優しいところ……すっごい好きだな」

「か、薫子ちゃん……もう、からかわないで下さい」

ピンポーン。

薫子の逆襲に奏が顔を真っ赤にした時、玄関の呼び鈴が鳴った……。


「ありがとうございましたー」

宅配サービスで送られてきたのは奏宛ての荷物だった。二人で伝票を覗き込む。

「……瑞穂お姉さまから？　なんでしょう」

保冷ケースを開けると、中には粉を打った手打ち蕎麦《そば》と、蕎麦つゆが入っていた。

「あはっ、西岡《にしおか》さんのお蕎麦と、楓《かえで》さんの蕎麦つゆです！」

それは去年、奏が瑞穂の家でご馳走になったものと同じ、家政婦長である楓自慢の蕎麦つゆと、お抱え運転手である西岡老人が趣味で打ったという年越し蕎麦だった。

「へえ……美味しそう。さすがに奏お姉さまのお姉さま。優しいところは本当、そっくりだね」

奏と薫子のことを気遣って、恐らくは貴子や紫苑たちとこうすることを決めたのだろう。そんな思《おも》い遣《や》りが、奏にはとても嬉しかった。

「私、年越し蕎麦のこと……すっかり忘れていました。さすがお姉さま方です」

薫子の為《ため》とは云え、奏は自分の都合で約束を反故《ほご》にしたのに……そう思うと、奏は心の中がとても暖かくなるのを感じた。

「では、今夜はお蕎麦ですね」

「お手伝い……と云いたいところなんだけど。あたし、料理はさっぱりなんだよね……」

困ったと云う風に、薫子が肩を竦める。

「それでも構いません。一緒に作りましょう？　きっと二人なら楽しいですよ」

「ん……お姉様が迷惑じゃないって云うなら、が……頑張ってみますけど」

薫子は恥ずかしそうに頭をかくと、奏が楽しそうに微笑む。

「それで、薫子ちゃんは……冷たいお蕎麦と温かいお蕎麦、どちらが好きですか？」


「小麦粉、ふるいに掛けたけど……これで良い？」

「ええ。ではそれをこのボウルに空けて下さい」

――夜。二人は厨房《ちゅうぼう》に立つと、年越し蕎麦の準備を始めた。薫子は温かい蕎麦が良いと云ったので、奏は掻《か》き揚《あ》げを作って、天ぷら蕎麦にすることに決めた。

「次は……お薬味の葱《ねぎ》を刻んで下さい。ゆっくりで良いですからね」

「りょ、了解……」

「ふふっ、そんなに緊張しないで……でも、手を切らないように気を付けてね」

薫子はおっかなびっくりに包丁を握ると、長葱を刻み始める。一方で奏は掻き揚げの衣を菜箸《さいばし》でさっくりと混ぜていく。

「お姉さま、料理も上手なんだ……なんか、なんにも出来ない自分に段々嫌気が差してきたよ」

「ふふっ、薫子ちゃんには薫子ちゃんにしか出来ないことが、いっぱいあるじゃありませんか」

半分くらい粉がダマになっているところで奏は手を止め、揚げ物用の鍋に火を入れた。

「それにこれは、由佳里ちゃんや楓さんに教わったのです。それで云えば、私は薫子ちゃん以上になんにも出来ないと云うことになってしまいますね」

「ん、もう……お姉さまにかかったら欠点のある人間なんていなくなっちゃうよね……そう云えばお姉さま、あたし温かい蕎麦が良いって何気なく云ったけど、お姉さまはそれで良かったの？」

薫子は真剣に包丁と睨《にら》めっこをしていて、奏の方を見ている余裕がない。

「え？　ああ……私はそう云う質問をされると悩んでしまうので、薫子ちゃんに決めて貰《もら》ったのですよ」

照れくさそうにそう答えながら、蕎麦つゆや蕎麦を茹《ゆ》でる鍋の準備も始める。

「去年は瑞穂お姉さまのお宅で、『油揚げと天ぷら、どちらにしましょうか』と聞かれて……答えられなかったから、楓さんが両方乗せて下さったのです。あの時はとても恥ずかしかったのです」

「あははっ、そりゃすごい豪華な年越し蕎麦だったね。なんか意外だな、お姉さまのそう云うところ」

「私もまだまだ修行中ですから。なかなか貴子さまや瑞穂お姉さまの様にはなれません」

云いながら奏は菜箸を油の中に差し入れる。しゅっと、箸から空気の泡が立ちのぼり始めた。

「何してるの？　お姉さま」

「油の温度を見ているの。こうやって、箸の先から満遍《まんべん》なく泡が出るようになるのが、揚げるのに丁度いい温度の目安なのですよ」

「へえ……誰が考えたんだろう。凄いね」

「ふふっ、そうですね。最初に思いついたのは誰なのでしょう……」

穴開きおたまに入れた具材が油の中に入り、じゅわっと空気の泡が忙しなく爆《は》ぜ出す。

「ああ、そうやって丸く揚げるんだね……全然知らなかった」

「色々方法はあるみたいですよ？　私は、これが一番やりやすいので」

生地が揚がり始めると、ゆっくりとおたまから天ぷらが離れてゆく。

「薫子ちゃんのは、海老《えび》を多めにしておきますね」

「あはは、嬉しいような、浅ましいのを見透かされているような……複雑な気分だわ」

会話も和やかに、そんな二人の夕食の準備はどんどん進んでいった……。

「さ、頂いてしまいましょう」

「はーい。でも、この食堂でお蕎麦の丼《どんぶり》を見ることになるとは……なんか妙な違和感があるなあ」

　いつもは欧風のオーブン料理やパンなどが並ぶテーブルに、美味しそうな天ぷら蕎麦が置かれている。

「……早くお祈りをしませんと、冷めてしまいますね」

「あー、お速めにひとつ」

「ふふっ、薫子ちゃんたら……主よ、今から我々がこの糧をいただくことに感謝させ給え。アーメン」

「アーメン……いただきまっす！」

　平生よりも心持ち速めなお祈りが終わると、二人とも熱々のお蕎麦を口に運んだ。ずずず、と云う場違いな蕎麦を啜《すす》る音が、食堂の中で小さく響いた。

「んんっ……美味っしい。掻き揚げもお蕎麦も、おつゆまで美味しいよ。瑞穂さんちって、良い物食べてるんだなあ……」

「あはっ、掻き揚げを褒《ほ》めてくれたのは嬉しいですけれど、お蕎麦も蕎麦つゆも、両方とも手作りなんですよ？　お店のものではないのです」

「えっ、そうなんだ!?」

　薫子は思わず手を止めて、目の前の蕎麦を睨み付けてしまっていた。

「……どうかしたのですか？　薫子ちゃん」

「いや……瑞穂さんが凄いのは、きっと瑞穂さんの周りの人も凄いからなんじゃないかなって、そう思ってね」

「……そうかも知れませんね。でも、多分」

奏も、薫子の言葉に手を止めると、少し考えた。

「多分、瑞穂お姉さまも、お家の方たちも……お互いがお互いを高めあっているのだと思うのですよ。だから、みんながみんな素敵になれる。変わっていける」

「ふーん……と云うことは、だ」

レディらしからぬ齧《かじ》り付き方で掻き揚げを噛《か》み切ると、薫子は美味しそうにもきゅもきゅと咀嚼《そしゃく》した。

「瑞穂さんを素敵にしたのが奏お姉さまで、お姉さまを素敵にしたのも瑞穂さん……ってことだよね」

「薫子ちゃん……」

少し驚いた顔をした奏も、直ぐに嬉しそうな表情に変わった。

「そうなら、嬉しいことですね……でも、それならきっと薫子ちゃんにもきっと私は力を貰っているんだって……そう、思いますよ？」

「うぐ……っ」

「それに、私が傍《そば》にいることで、薫子ちゃんがもっと素敵になるって云うなら……それはもっともっと嬉しいことなのですよ」

「けほっ、けほっ……！」

「だ、大丈夫ですか薫子ちゃん……お茶なのですよ？」

瞳を見つめ返されてそんなことを云われた薫子は、喉《のど》に掻き揚げを詰まらせると、勢いよく咳《せ》き込んだ。

「んっ……ぐ、ぅ……ぷはぁぁ。んもう、折角あたしが珍しく良いことを云ったと思ったのに。締まらないなあ」

薫子は苦笑いして深く息を吐いた。「折角」に「珍しい」までが付いているところを見ると、薫子的には余程珍しいことなのだろう。

「ふふふっ。でも、そんな薫子ちゃんこそが素敵なんだって。私は……思うのですよ？」

「んふ……ありがと、奏お姉さま」

ゴォォォォォ……ン。

顔を朱くして向かい合う二人の耳に、遠くから除夜の梵鐘《ぼんしょう》の音が届いていた……。

「寝ちゃう……寝ちゃうって、除夜の鐘で？」
今は入浴中——管理する人間もいない休暇期間中と云うことで薫子が提案して、防水加工のラジオを持ち込んで、二人でのんびりお風呂に浸《つ》かろうと云う話になった。スピーカーからは年末特番で歌謡祭の中継が、今年流行していた曲を次々と流している。

「ええ。小さな頃《ころ》から、除夜の鐘を最後まで聞こうと思って頑張っているのですが……どうしても途中で眠ってしまうのです」

「ふぅん……あ、でも何となく解る。あれって、一定時間で次が鳴るとか、そう云うんじゃないんだよね。お客さんが並んで鳴らしてるから、待っててもなかなか鳴らなかったり、次が直ぐに鳴っちゃったりする」

「そうなのです。そうするとどうしても意識が散漫になってしまって」

「なるほどね……それって、ただ起きているだけで良いの？」

「……今はもうそうですね。去年は瑞穂お姉さまたちとゲームをして過ごしましたが、やはり途中で鐘が気になってしまって」

「寝ちゃったワケね……今年も挑戦するの？」

「どうでしょう。もうあきらめてもいいかな、とは思っているのですよ」

「そっか。じゃあ、出来たら起きていられるように頑張るって方向で」

「あはっ……そうですね」

その時、ラジオから流れる曲が変わった。女性ヴォーカルのラブソング、リズムの強調された今風な感じのブルース。

「あ、この曲……良く聴いたよね」

「そうですね。秋口は買い物に行く度にお店のＢＧＭでこの曲を聴いていた様な気がしますね」

秋にヒットしたのは、曲調が渋めな所や、歌詞がやや破滅的なことが理由なのだろうか。ヒット曲と云うには、少し暗めの歌と云って良い気がする。

「でも、曲は好きだけど……ちょっとこの歌詞は好きになれないかな」

「そうですか？」

「『花はやがて散るのだから、待っているのがたとえ苦しみだとしても、私は恋に生きていたい～』……なんて、なんか全然良いこと無さそうじゃない？」

「ふふっ、薫子ちゃんらしいですね。ですが歌というものは、ドラマチックなものの方が喜ばれると思うのですけれど」

「いや、それはそうだって思うけど。ただ、恋ってのはそんなに痛かったり苦しかったりするものなのかなあと思ってさ」

「どうでしょうね。私も薫子ちゃんも、つまり恋をしたことがないから想像の域を出ないわけで……そんな私たち二人でどんなに悩んでみても、多分本当のことは解らないと思うのですよ」

「お、お姉さまは、恋ってしたこと……ないの？」

「私は初等部からずうっと学院で育ちましたから……それに子供の頃は、人を好きになると云うことが本当はどういうことなのか、それすらよく解っていなかったと思うのですよ」

「それって、どういう意味なの？　人を好きになるって云うのは、そのままの意味じゃないの？」

薫子は、奏が難しいことを云っているような気がしたので、そんな風に質問をした。

「薫子ちゃんは大丈夫。きっと、『好き』って云うことの意味を、正しく解っていると思うのですよ」

奏の答えに、やっぱり薫子は首をひねった。そんな短い沈黙の隙間に、遠くから除夜の鐘の音が聞こえてくる。

「人って、どうして誰かを好きになるのでしょうね？」

そんな奏の声に、ラジオから流れてくる哀切なR&B《リズムブルース》の波が重なった。

「その人のことを素敵だと思ったり、いつも一緒にいたいと思ったり……優しくしたい、優しくされたい。そんな風に考えるのは素敵なことですよね。でも、どうしてそう思うのかは、誰にも解らないのですよ……もしかしたら、自分が寂しいから誰かに傍にいて欲しいだけなのかも知れないし、自分の都合の良いことだけを相手に押しつけているのかも知れないでしょう？」

「お姉さま……」

「……私は、小さな頃いつも施設でひとりぼっちでした。だからきっと、傍にいてくれる誰かや、味方になってくれる誰かが欲しかったのでしょうね……一生懸命、施設の先生方に気に入られようとしていました。けれど、その頃の私は気付いていなかったの。それは単に、相手のことを好きだからそうしていた訳じゃなくて、自分の孤独を埋めたかったからなんだって云うことに……だから少し大きくなってからそれに気がついた時、随分と悩みました」

　そんな奏の話に、薫子は何も云えなくなってしまっていた。

「ああ、ごめんなさい薫子ちゃん。こんな話は、薫子ちゃんを暗い気分にさせてしまうだけですよね」

「ううん、そうじゃなくて……その、そんなことを考えてみたこともなかったから、ちょっと軽くショックを受けてたところ。そうか、そうだよね」

　単純明快な薫子のことだ、きっとそんなことは今まで考えたこともなかったのだろう。

「人を好きになるって、自分を好きになって貰おうとするってこととイコールなんだ……何だかそう思ったら急に怖くなってきた。さっきの歌の詞は笑えないよね。自分に自信を持つことと、自分が相手に好かれるかどうかは全然関係がないんだもの……そう思ったらきっと告白も出来ないだろうし、苦しいこともあるのかも知れない」

　そんな風に自分に問い掛けて答えを探して行く薫子を、奏は優しい瞳で見詰めていた。薫子は本当に素直に――まるで木の根が水を吸い上げるように、奏の言葉を自分なりに吸収していく。

「だけど、お姉さまはそんな不安を……今も抱えたままなの？」

「……いいえ。私は、赦《ゆる》して貰いましたから……お姉さま方に」

　眉根《まゆね》を寄せて心配そうに見詰める薫子の頬に、奏の手がそっと触れた。

「人はみんな、自分が優しくして欲しいから優しくするんだよって……そうやってみんな、周りの人たちから優しさを知るんだよって、そう教えられたのです。紫苑お姉さまや、瑞穂お姉さまに」

「そうだったんだ……」

薫子はそう云って眼《め》を閉じた。奏のその言葉を心の中で繰り返すかのように。

「やっぱり、凄い人たちだね……そうか。自分がそうなら、みんなも不安なんだよね。だからこそ、みんな優しくなれるんだ」

「……恋は、したことがないですけれど。でもお姉さま方や、寮のみんな。薫子ちゃんにも」

奏はそっと、額を薫子の胸に当てる。

「いつだって、私は好きでいて貰えるのかが心配になります……だから、きっと恋はもっとドキドキして、もっと楽しくて……もっと、苦しいのでしょうね」

「うん……きっと、そうなんだろうね」

薫子は、間近に奏の体温を感じてドキドキしながら……そんな『甘い苦しさ』のことを考えていた……。

ゴォォォォォ……ン。

「……狭くない？　お姉さま」

「ええ、大丈夫です」

逆上《のぼ》せそうになる寸前で、二人はお風呂から上がり……どちらともなく、一緒に寝ようと云う話になった。きっと、二人きりの寂しさがそうさせるのだろう。

「もうそろそろ、除夜の鐘もお終《しま》いでしょうか……」

「まだ新年になってないから、もう少しじゃないかな」

時計は一一時五七分を指している――新年まではあと三分ほどだった。

「ふふっ、今年も起きているのはあきらめた方が良さそうですね」

何しろもう二人とも布団に入ってしまっている。この上そんなに長い時間起きていられるとは思えなかった。

「そうだね。それにお風呂上がりでそんなにいつまでも起きていたら、風邪引いちゃうし」

「薫子ちゃんはあったかいですから……きっと風邪は引かないと思いますけれど」

楽しそうに、ごそごそと奏が薫子に擦り寄ると、薫子の鼻を微かにフローラルな香りがくすぐった。

「……お姉さまのシャンプー、良い香りがするね」

「まりやお姉さまに教えていただいた、ハーブを使った手作りシャンプーなのですよ。薫子ちゃんも使ってみますか？」

「うへっ、まりやさんってあの……由佳里さんのお姉さまだった人？　一回逢ったけど、そんな女の子らしい趣味がある人には見えなかったけどなあ」

「ふふっ、まりやお姉さまはいつも元気で何者にも囚《とら》われないという感じですけれど、根は優しくて、とても女らしい方なのですよ」

「人は見掛けによらないものですよ……ですか？」

「ええ、その通りです……あ」

その時、ラジオから時報が聞こえ、新しい年になったことを告げた。

「明けましておめでとうございます、お姉さま」

「……明けまして、おめでとうございます……薫子ちゃん。んっ」

奏はそっと薫子の肩に手を掛けると、軽く首を伸ばして薫子の額にキスをした。

「お姉さま……」

薫子の顔は、何故《なぜ》か真っ赤に染まっていた。

「薫子ちゃん……今年も、よろしくお願いします」

「う、うん……こちらこそ」

ちょっぴり上の空で返事をする薫子に、奏は少し楽しそうに笑いを零《こぼ》すと、そのままゆっくりと瞼《まぶた》を閉じた。

もう、奏は無理をして除夜の鐘を聞こうとは思わなかった。

きっと、今夜なら間違いなく起きていることが出来るに違いない。けれど、そんな必要は無いことを知ったから。

「……おやすみ、なさい」

——背伸びをしなくても良いんだと云うことを、知ることが出来たのだから。


ピンポーン。

「なんでしょう？　こんな朝早くに」

——元日。遅い朝食を準備しようとしていた二人の耳に、玄関の呼び鈴が響いた。

「奏ちゃん、明けましておめでとうございます……っ！」

「はやや……っ!?」

玄関を開けた瞬間、奏は紫苑の懐にぎゅっと抱き締められていた。

「あはっ、もう……紫苑さんったら」

「明けましておめでとう、薫子ちゃん」

「お、おめでとうございます……瑞穂さん」

そこには、瑞穂と貴子、そして紫苑の姿があった。

「はぁ……やっぱり奏ちゃんの抱き心地は格別です。一年の始まりには欠かせません」

「ぷぁっ、し、紫苑お姉さま、明けましておめでとうございます……」

やっとのことで紫苑の胸の谷間から脱出すると、奏は息も絶え絶えに答えた。

「おめでとうございます。ごめんなさいね、元日の朝から騒がしくしてしまって」

「いいえ。皆さんがあってこその『姉』ですから」

「ええっと……？」

そんな風に可笑しそうに答える薫子に、意味のわからない貴子が首をひねる。

「あはは、こっちのことです。けど皆さん、本当にどうしたんですか？　お正月早々」

「決まっているではありませんか、奏ちゃんをぎゅ……いえ、奏ちゃんと薫子ちゃんに逢いに来たのですわ」

「今、何気に本音が聞こえたような気もするけれど……二人と一緒に、初詣《はつもうで》に行こうと思って。後これをね」

そう云って、瑞穂は薫子に持ってきた重箱を渡した。

「これ……おせち料理」

「二人分だと、なかなか料理を用意するのも難しいのではないかと思って……もしかして、用意していたかしら？」

「いいえ。二人だけですから、要らないかと思って」

さすがに、いつもカレーを食べていますとは答えにくいのだろう。薫子がそう云って苦笑した。

「それと、二人の分の振袖《ふりそで》を持ってきたのですよ。良かったら、着て見せて下さいね」

「えっ……振袖って、あ、あたしの分もあるんですか!?」

「ええ。いけなかった？」

薫子が驚きの表情で返す。

「いえ、あの……そう云うわけじゃないんですけど、何しろ着たことがないもので」

「ふふっ、その顔は苦手っていう顔ね」

「うぐ……っ」

楽しそうに瑞穂が微笑う。お見通しと云うことらしい。

「薫子ちゃん、着ないのですか？　私としては、ちょっと見てみたいと思ったのですが」

「か、奏お姉さま……」

奏の残念そうな顔が、薫子の胸に刺さる。

「き、着たことがないので……教えていただければ、その、頑張ってみますけれど」

二人には解らないけれど、端《はた》から見れば、薫子が奏のお願いに折れたのがばればれで。

だけどそんなところが、三人には可愛らしいと思えた。

「では、みんなでおせちを頂いて……それから、振袖で初詣に出掛けましょう？」

「紫苑お姉さま……」

そんな姉たちの来訪に、奏の目には小さな涙が浮かんでいた。

「私は約束をしました。奏ちゃんの本当のお姉さんになるって……そうでしょう？」

「……はい。ありがとうございます」

そんな二人の様子を、みんな嬉しそうに見詰めている。

「本当に、紫苑さんは奏お姉さまを大事にしてるんですね」

「……妬《や》けますか？　薫子さん」

「えっ……い、いえっ、そんな……」

貴子にそんな風にからかわれると、薫子は顔を真っ赤にして首を振った。

「ふふっ、薫子さんは顔に出ますわね」

否定したにも関《かか》わらず、貴子にはそう評されてしまい、薫子は困り果てる。

「取り敢えず、食事にしましょうか……腹が減っては軍《いくさ》は出来ぬって云いますからね」

「ええ、そうですわね」

瑞穂と貴子が、笑いながら食堂に入っていく。

「ちょっ、二人とも……あたしの話聞いてます……っ!?」

そんな二人に釣られて、重箱を抱えた薫子が後を追う。

「さ、私たちも」

「はい。紫苑お姉さま」

大好きな人たちに囲まれて、奏もまた紫苑と共に食堂へと入っていく。

――そんな素敵な、新年最初の一日に心から感謝しながら。

遅咲きのエヴェレット解釈

「やっぱりあなただけ、咲かないのかしら……」

幹に触れたしなやかな手が、ゆっくりと、まだ硬い花芽《はなめ》にそっと伸びた……。


――桜の蕾《つぼ》みもそろそろ綻《ほころ》びようかという季節。生徒会室には、新旧の生徒会役員が顔を揃《そろ》えていた。


「では、第百十期聖應《せいおう》女学院生徒会・役員交代式を始めようと思います」

昨年度の生徒会長であった菅原君枝《すがわらきみえ》が、ゆっくりとそこにいる面々を見回して、そう宣言した。新役員たちは、現役員たちを座ったままで見詰めている。

「新会長、上岡由佳里《かみおかゆかり》さん」

「はい」

由佳里はゆっくりと立ち上がると、君枝と向かい合った。

「私、今期生徒会長である菅原君枝は、来期会長として、上岡由佳里さん……貴女《あなた》を指名いたします」

指名とは云っても、実際には引継業務なども総《すべ》て終わっており、つまりはこれが、君枝にとっては会長として最後の行事となる。

「……謹《つつし》んで、お受けいたします」

君枝の手から、生徒会長の印章を両手で受け取る。これで、由佳里が次の生徒会長として正式に就任したことになる。

「では、新しく会長になりました私から、新役員の人事を発表いたします……まず、副会長として、3-A門倉葉子《かどくらようこ》さまに代わり、2-Cの烏橘可奈子《うきつかなこ》」

「はぁ～い」

席に座っていた可奈子が席を立つ。二年間葉子に窘《たしな》められ続けた弛《ゆる》めの口調は、結局直ることはなかったようだ。

可奈子の座っていた場所に、溜息《ためいき》混じりに葉子が腰を掛け、その隣に君枝が腰掛けた。

「書記として、2-C烏橘可奈子に代わり、1-E皆瀬初音《みなせはつね》」

「は、はいっ……」

少し緊張した面持ちで初音は立ち上がると、由佳里の隣に立った。

「最後に会計として、3-A片平斎《かたひらいつき》さまに代わり、1-D烏橘沙世子《うきつさよこ》」

「はい」

最後に毅然《きぜん》と返事をして立ち上がる沙世子と、斎が席を替わると、新旧役員の交代が完了した。

「以上の陣容をもちまして、来年度の生徒会を運営して参りたいと存じます。先輩方のご指導、ご鞭撻《べんたつ》に、心から感謝申し上げます。ありがとうございました……そして、皆さんご苦労様でした」

ゆっくりと、深く新役員たちが頭を下げると、座席に戻った旧役員たちから惜しみない拍手が送られた。

「以上で、役員交代式を終了いたします。皆様お疲れ様でした」

その声に、静かだった生徒会室がいつもの賑《にぎ》やかさを取り戻し始めた。

「……お疲れ様、由佳里さん」

「君枝会長……ご苦労様です」

「ふふっ、もう会長じゃないでしょ……新会長？」

「あは、そうでしたね……君枝お姉さま」

君枝は傍《そば》にいた斎にも声を掛けた。

「斎さん……ありがとう。本当に助かりました」

「いいえ。お手伝いしたのは一年だけですけれど、とても楽しかったですわ」

斎は君枝と葉子のクラスメイトで、君枝が会長に就任する時、計数が強い斎に二人が頼み込んで会計職に就いて貰ったのだった。

「やったー、これで私が黒幕一号～」

「……なんなのですか、それ。私、時折姉さんの考えることが解《わか》らない時があるわ」

「去年まではぁ、葉子さんが黒幕一号で、私が二号だったんですけどぉ、今年からは名実共に私が黒幕一号なんだぁ」

姉妹で副会長と会計に就任した烏橘姉妹は、相変わらずコミュニケーションが取れているのかそうでないのか解らない遣《や》り取《と》りをしている。

「ま、これで私たちも晴れてお役御免ってところね……久しぶりにラーメンで祝杯でも挙《あ》げましょうか」

「ああ、そうですね。行きましょう」

以前可奈子の勧めで、君枝たちはとあるラーメン店に行ったのだが、その噂《うわさ》が学院内で拡《ひろま》ってしまい、「エルダーの行くラーメン店」としてブームになってしまったことがあった。それ以来、君枝たちは特別なことがあった時だけ、そのラーメン店に行くようにしているのだった。

「私たち新役員もお供して宜《よろ》しいですか？　君枝お姉さま」

由佳里が君枝の話を耳に挟んで、会話に入ってくる。

「ええ、もちろん。けれどこんなに大勢が聖應《うち》の制服で押しかけてしまったら、お店の方が驚くかも知れませんわね」

「あはっ……でもぉ、あのお店も今ではすっかり『聖應の生徒が良く来るお店』として定着してしまってるみたいですから。きっと大丈夫ですよぉ」

こんなところが、如何《いか》に「エルダー・シスター」と云うものが聖應女学院に於《お》いて大きな存在なのか、と云うのを示す良い証左《しょうさ》と云って良いのだろう。

昇降口を出て、桜並木に入ろうとしたその時……君枝が足を止めた。

「あ……」

それに気付いた葉子が、一緒に足を止めた。

「どうかしたの？　君枝」

「この樹《き》だけ、花が咲かないの」

君枝の言葉に、その場にいた全員がその桜の樹を見上げた。確かに、他の桜は綻び始めているというのに、その樹だけが未《ま》だ蕾《つぼ》んだまま、その花芽を硬く閉ざしていた。

「確かその樹だけ、今年は陽当《ひあ》たりが悪かったんです」

何か思い出したらしく、初音が口を開いた。

「水泳プールが、来期から室内温水プールになるということで……秋口からずっと工事していたじゃないですか。あの期間中、ずっとその樹だけ覆いの裏に隠れていたんです」

「そうか……それでこの樹だけ開花が遅れているのね。でも君枝さま、それがなにか気懸かりなんですか」

初音の話を聞いて納得した由佳里だったけれど、君枝が立ち止まった理由が、今度は気に掛かった。

「いいえ、それ程大したことではないのですが……」

そう云って、君枝は桜並木を歩き始め、周囲もみな揃《そろ》って歩き始める。

「気になりました……なんだか、私のようだって」

「君枝、みたい？」

斎が不思議そうな顔で聞き返すと、君枝は苦笑いする。

「笑わないで聞いてくれると嬉《うれ》しいのですけれど……私は変わったなって、そう思うんです。なにしろお下げ髪に神経質で近視眼な私が、急に生徒会長だエルダーだなんて祭り上げられてしまって」

不必要なまでに自身を謙遜《けんそん》する君枝に、葉子や斎は苦笑いする。けれどそんな謙虚なところが、いかにも君枝らしいと云えばそうなのだろう。

「変えてくれたのはみんな。貴子《たかこ》さまやまりやさま、それに葉子さん、斎さんに可奈子さん……私はみんなに付いていっただけ」

「それだけじゃないわ。貴女の努力はここにいるみんなが知っているもの」

斎が笑顔でそう答えるが、それでも君枝は首を横に振る。

「それでね、思ったの。あの桜はきっと、私のようなものなんだって」

「桜……先程のまだ咲いていなかった、あの桜ですか」

桜の樹と君枝の連関が辿《たど》れなかったのか、沙世子が不思議そうな問いを返す。

「ええ、そう。誰かが覆いを取ってくれなかったら、私もきっと陽が射《さ》さなかったから。

そう思うとね、人生ってとても不思議だと思うの……」

君枝は楽しそうに桜並木を歩きながら、少しだけ眉根《まゆね》を寄せて苦笑いした……。


「駄目だわ。もう入らないわね……」

——夕刻、大人数で電車を乗り継いだ一行は、目的の店でラーメンを食べている。シックな制服に身を包んだ一団が一様に紙ナプキンを付けてラーメンを啜《すす》っている姿は、考えようによっては些《いささ》か奇異に見える。

「お店の人には申し訳ないけれど、私はこの辺りでやめておきましょう」

韓国風の石鍋《いしなべ》で熱々のラーメンを出してくれるこの店では、普通盛りでも結構な量があり、少女たちにとっては完食すること自体がなかなかの難関だと云えた。

小さな溜息《ためいき》を吐《つ》いて口を拭《ぬぐ》うと、君枝は少し居住《いず》まいを正した。

「……さっきの君枝の話ではないけれど」

その横で、既に食べ終わっていた葉子が、不意に口を開いた。

「エルダーと云う存在は、あれに似ているわね」

「はふ……あれ？　あれってなんですかぁ？」

なかなか冷めないラーメンと未《いま》だ格闘中の可奈子が、その隙《すき》を縫《ぬ》って口を挟む。

「なんだったかな……物理の時間に光岡《みつおか》先生に聞いた可哀想《かわいそう》な猫の話なのよ」

うろ覚えで発したのであろう葉子の言葉には、今ひとつ曖昧《あいまい》さが拭えない。

「可哀想な猫？　もしかして、エヴェレット解釈の話ではありませんか？」

勘がいいのか、沙世子が一足飛びに答えを捜し出す。

「そういう名前だったかしら。蓋《ふた》を開けるまで、生きているのか、死んでいるのか解らない……そんな猫の話」

「はい。命題で云うならば、それは『シュレーディンガーの猫』という話です。箱の中に一匹の猫と放射性物質、それから検出器を入れて箱を閉じ、検出器には毒ガスを繋《つな》いでおく」

「い、いきなり毒ガスですか。物騒な話になってきましたね……」

淡々と語る沙世子に、聞いていた初音が困った顔になる。

「まあ、たとえ話ですからね。で、これは箱の中の放射性物質が崩壊して粒子を出すと、検出器が反応して毒ガスが箱の中に充満するという仕組みなの。一時間箱を放置して、果たして猫は生きているのか？　死んでいるのか？　という実験です。ちなみに、一時間以内に物質が崩壊する可能性は五〇パーセント」

「そんなの、箱を開けなくちゃわからないわ……もしかして、何か難しい計算が要る話なの？」

勉強が好きなタイプではない由佳里が、あからさまに嫌そうな顔をする。

「いえ、命題的には今の会長のお答えで正しいのです。『開けてみるまでは判《わか》らない』つまり、観測者が箱を開けるまで箱の中には『生きている猫』と『死んでいる猫』の両方が入っていることになります……ま、飽くまで計算上の問題だからですけれど」
「良く知っているのね、沙世子ちゃんは。そうそう、その話よ……その『両方入ってい
る』のが、ええと、さっきのなんとか解釈……っていう考え方なのよね？」
　自分の記憶と答え合わせが出来たのか、葉子が軽く胸をなで下ろした。
「そうです。エヴェレットの多世界解釈……観測している人が箱の蓋を開けるまで、箱
の中には『死んだ猫が入っている世界』と『生きた猫が入っている世界』と、両方が半
分ずつ存在している……そう云う解釈です。箱を開けた瞬間、どちらかの世界に収束し
て、結果が決定するのです」
「ええ……その収束というのが、とてもエルダーと云う存在を良く表していると思って
ね」
　一足飛びの結論に、葉子と沙世子以外は首をひねる。
「エルダーってね、ある日突然になるものなのよ。箱を開ける瞬間を、エルダーに決ま
った瞬間と考えると、よく解るのよ」
「……ああ、そういうこと。そうね、確かにそうなのかも」
　当人には実感があるものなのか、君枝が一番最初に納得した。
「決定するその時までは、エルダー候補というのはただの一人の生徒に過ぎなくて……
でも、決まった瞬間から『お姉さま』になってしまうのよね。蓋を開けた瞬間に猫の生
死が決まってしまうように」

「なんだか、やっぱり難しい話のような気がしますね」

会話の意味を捉《とら》えあぐねた由佳里が、困惑した声で応《こた》える。

「つまりね、決まる前までは候補である生徒の人間性や評判を気にするけれど、エルダーになった途端に盲目的に支持されてしまう……って云う話なの」

「ああ、なるほど……そう云われてみると、すんなり入ってきますね」

葉子の説明に由佳里も合点がいったらしく、なるほどと肯《うなず》いてみせる。

「象徴としての『エルダー・シスター』と云う名前に、本人無視で人格を保証出来てしまう程の力が備わっているんですね」

「だけど、当然それはエルダーになった人たちの、一生懸命に自分を鍛えた努力の上で成り立っているわけでしょう？　その考え方は変なのではないかしら」

斎は葉子の話に納得がいかないようで、疑問を口にする。

「もちろん斎の云いたいことも解るわ。だけど、毎年色々な性格の人がエルダーになるじゃない？　けれど、エルダーとしての慕われ方にはそれ程の差はないのよね」

「そうか、受け取り手の問題でもあるのね。それなら確かに解るわ……でも、それが一体どうかしたの？」

斎も理解は出来たが、今度は葉子の真意がわからなくなってしまって質問を返した。

「いや、何って云われると困るけどね。敢《あ》えて云うなら、エルダーになったのが君枝で良かったなって……そう云う話よ。それこそ、斎がいま云ったみたいに『なった人間の努力の積み重ね』って云う意味でね」

「もう、やめてよ二人とも……聞いているこちらが恥ずかしくなってくるわ」

顔を赤くする君枝だが、それは決してラーメンが熱かっただけ、と云うわけでは無さそうだった。


「では、皆さんお疲れ様でした……ごきげんよう」

ラーメン店を出て、最寄りの駅で各々解散という運びになった。

「さ、沙世ちゃん帰ろぉ」

「はいはい。では皆様、私たちはこれで」

烏橋姉妹はここからでもバスで帰れるらしく、近くのバス停に向かって歩いていった。

「君枝、斎……二人とも小鷹《こたか》の駅まで戻るでしょう？」

「ええ。でも葉子さん、私ちょっと学院に戻る用があるの……だから斎さんと先に帰って構わないですから」

「珍しい。忘れ物でもしたの？」

「忘れ物……そうですね。まあ、そんなところでしょうか」

「そ……ま、取り敢えず小鷹まで戻りましょう」

珍しく歯切れの悪い君枝の言葉に、葉子は微《かす》かに笑みを見せた……。

「じゃ、私たちはこれで」

「ごきげんよう。また明日」

駅で葉子と斎に別れを告げた君枝は、由佳里たちと一緒に学院への帰途に就いた。

「……それにしても、本当にもうお別れなのね。信じられないわ」

歩《ほ》、一歩《いっぽ》と学院が近づいてくるのを視界の向こうに見ながら、君枝が感慨深そうにつぶやいた。

「もうすぐ卒業式……早いものですね」

来週には卒業式があり、そうすればもう君枝もこの制服に袖《そで》を通すことはなくなる。

「まあ、卒業といっても私の場合は大学部に行くだけですから……それほど感傷的になっているわけではないのですけれど。でもそうですね、きっとこの三年間のことは忘れることはないでしょうね」

「ドラマチックな三年間……でしたか？」

由佳里の言葉に、君枝は思わず声に出して笑いを零《こぼ》した。

「ふふふっ、そうね……新入生の頃《ころ》は私、クラスでも一番地味な女の子だったのにね」

「えっ……そうなのですか!?」

君枝の言葉に驚いたのは初音だった。

「そうよ。去年の私なんて、取り柄といえばせいぜい生徒会に在籍していたくらいのもので、黒縁眼鏡《くろぶちめがね》にそばかすだらけ、引っ詰め髪に三つ編みで……まりやさまには『デコ眼鏡』なんて呼ばれたこともあったわね」

「し、信じられません……だって君枝お姉さま、こんなにお綺麗《きれい》でいらっしゃるのに」

「……それはね、瑞穂《みずほ》さまと貴子さまが、私に魔法を掛けてくれたんですよ」

「魔法……ですか」

あんまりにも穏やかな笑顔で君枝が答えるものだから、初音は思わず面喰《めんく》らってしまう。

「そう、魔法……『あなたはもっと頑張れる』って、そう教えてくれる魔法をね」


「では、私たちもここで」

「ええ、ごきげんよう」

由佳里と初音に寮の前で別れを告げると、君枝は独り校舎へと帰ってきた。

「……今までで一番寂しい夕陽かも」

階段をゆっくりと登りながら、踊り場の窓から射し込む夕陽に目を細める。
一一、一二……心の中で数えながら、朱く染まった階段を一段ずつ踏みしめた。折り返し残り半分を上がれば、夕陽の色は段々と遠離《とおざか》っていく。
「生徒、会室……」

週末に返す予定の会室の鍵《かぎ》を取り出すと、君枝は夕陽が溢《あふ》れる会室へ。スチールのキャビネットに嵌《は》め込まれた硝子《ガラス》が照り返しできらきらと輝いている。

「……私は、約束を果たすことが出来たでしょうか」

会室の窓際に置かれた、どっしりとした会長用の机に手を触れる……もうきっと、こうやって何十年も歴代の生徒たちを見守って来たに違いない。

一年間、君枝はこの机に就いていたけれど、当の君枝自身がこの机を見て思い返すのは、いつも一人の女生徒の背中だった。

「貴子さま……」

会長を引き受けたのは、元々葉子の希望だったこともあるけれど……なにより君枝にとって一番大切だったのは、それが前会長である貴子に託されたものだということだった。

いつも背筋正しく凛《りん》とした後ろ姿。正しいことを示すためには自分が厭《いと》われることすら躊躇《ちゅうちょ》しなかった。そんな貴子と自分の矮小《わいしょう》さとを較《くら》べながら、いつしか君枝は恋慕にも似た感情でその背中を見詰めていたのだった。

「……私は、貴女に近づけたのでしょうか」

君枝にとって、最後の一年は目紛《めまぐ》るしくも嵐のように過ぎ去った。生徒会を率いることもそうだけれど、それよりも、突然に訪れたエルダーと云う名の重責に対して自分というものを律し、確立しようとすることに必死だったと、今になって思う。

「今なら、少しだけですけれど……貴女の気持ちがわかるような気がするんです」

人の上に立つこと、人から仰ぎ見られる度に、君枝は自分の背筋が引き締まる思いを味わった。いま思えば自分が感じていたその視線は、昔自分が貴子を見詰めていた眼差《まなざ》し、そのものだったのではないだろうか。

「私も……皆さんと同じ想《おも》いをここに遺《のこ》して、この場所を去ります」

過去、幾多《いくた》の少女たちが……きっと君枝と同じように、この机にこうして別れを告げたに違いない。そして、その想いはまた次の世代へと受け継がれていく。

「ありがとうございました」

ゆっくりと夕陽に目を閉じると、君枝は一言そうつぶやき……そして会室を後にした。


「……ご苦労様です、会長」

「由佳里さん……」

驚いたことに、昇降口を出た君枝のことを、先程別れた筈《はず》の由佳里が待っていて「生徒会式」の挨拶《あいさつ》で出迎えた。

「私はもう、会長ではありませんよ。上岡会長」

「いえいえ。あたしにとっては、会長といえば貴女のことですからね。菅原会長」

少し砕けて、自身を「あたし」と呼ぶ由佳里は、そう云って君枝に笑い掛けた。

「宜《よろ》しければ、正門まで送らせて下さい。会長」

しばらく、二人は無言で桜並木を歩いていたけれど、やがて由佳里が不意に口を開いた。

「考えてみれば、おかしな巡り合わせもあるものだって……そう思っていたんです。ずっと」

「巡り合わせ？」

「ええ、だってそう思いませんか？　私はあの御門《みかど》まりやの『妹』で、君枝さまは厳島《いつくしま》会長の一番のシンパだった訳ですよ。それなのに、貴女の跡を継ぐのはこのあたしで……これはもう皮肉な巡り合わせとしか云いようがないじゃありませんか」

「そうね……なるほど、それは確かにそうなのかも」

在学中、まりやと貴子は事ある毎《ごと》に衝突を繰り返した。宿命のライバルと云うべきなのか、はたまた腐れ縁と呼び慣わされるべきものなのか……幼等部の頃から続いた二人の犬猿ぶりは、実に卒業直前まで延々と続いたものだった。

「お二人とも、竹を割ったような性格で……しかも主張が驚くくらいに正反対でしたからね。全く似ているところがなかったのか、それとももしかしたら性格が似てい過ぎたせいだったのか。見ている私たちはいつもハラハラしていましたから」

「あたしは結構、まりやお姉さまの我儘《わがまま》に振り回され通しでしたけど……君枝さまはどうだったんですか？」

「そうね、私はそうでも……あ、いいえ。そういえば私も突然びっくりするような仕事が降って湧《わ》いたりして、途方に暮れたことが何回かあったわね」

「あはっ、やっぱり……意識してないところで、あのお二人はそういうところ似ているのかも」

「本当ね……もしかしたら、私と貴女も見えないところが似ているのかもしれないわ。何しろ二人揃って妹分だったんですものね」

君枝は、由佳里と二人声を零して笑い合った。

「後悔、していませんか？　そんなあたしに後を任せていくことに」

ひと頻《しき》り笑ってから、由佳里は少し真剣な面持ちになると君枝を見た。

「……していませんよ。寧《むし》ろ嬉しいくらいね」

「君枝さま……」

「きっと、由佳里さんには不思議だったでしょうね。私が貴女を後任に推した理由が」

「そうですね。実は……それをお聞きしたくて、あたしは待っていたのかも知れません」

まるで他人事《ひとごと》のように、由佳里は自らの行動を評した。もしかしたら、由佳里自身にも解っていなかったのかも知れない。

「それはね……やはりきっと、私も貴女の向こうにまりやさまが見えていたからなのだと思うわ」

君枝の答えは明快なものだった。明快すぎたのだろう、君枝は続ける。

「でもそれは貴女を見ていなかったと云うことではないの。きっと貴子さまがまりやさまに見ていた何かを、私は由佳里さんに見ていたんだと思うの……自分にない『何か』

を、ね」

「自分にない何か……ですか」

「そう。だから生徒会を貴女に託せば、私が自分で出来なかった『何か』を今度はやってくれるのではないかって……そう考えたの。でも『何か』がなんなのかは私にも解らないの。だってそうでしょう？　自分にないものを貴女に求めたんですものね」

「答えの解らない宿題ですか……なかなかに難問ですね。もし答えられたとしても、あたしにはその答が正しいかどうかを知ることが出来ないってことですよね」

まるで謎《なぞ》掛《か》けのような遣り取りに由佳里が肩を竦《すく》めると、君枝が楽しそうに微笑《ほほえ》んだ。

「良いのではないかしら……私も、いいえ、きっと今まで歴代の方々もそんな『見えない宿題』をそれぞれに託されてやってきたのだと思うから。そうやって、次の代へと受け継がれていくんだわ……その想いだけがね」

歩きながら、そろそろ正門が近づいてくる。

「私も結局、自分が託された『何か』を為《な》すことが出来たのかどうか、解らず仕舞いに終わってしまったもの。こうやって折角『答え合わせ』にわざわざ戻って来たのにね」

「そういうこと……か」

少し遠くから声がして、君枝と由佳里が前を向く。正門には何故《なぜ》か、駅で別れたはずの葉子と斎の姿があった。

「葉子さん、斎さん……」

「さっき歯切れの悪い云い方をしていたから、ちょっと気になってね。私はやめておこうって云ったんだけど、斎がどうしてもって」

「あら、そんなことを云って……葉子さんだって気にしていたじゃないの」

自分の所為《せい》にされたのが不服なのか、斎が葉子に笑いながら拗《す》ねてみせる。

「まあ……その、私が会長を押しつけたようになった部分もあったからね」

眼を逸《そ》らしがちに葉子が口籠《くちご》もる。言葉からすると、葉子自身もやはり気になってはいたのだろう。

「……そうね」

そんな二人を見詰めていた君枝が、不意につぶやきを零す。

「確かに答え合わせは出来なかったけれど、大切なのは、きっとそこではないのね」

そう云って君枝は葉子たち二人の前に立った。

「……ありがとう、二人とも。帰りましょう！」

「君枝……」

心なしか、君枝の笑顔がさっきよりも明るくなっている……そんな風に思える。

「貴女たちが、私にとっての答えなんだわ……きっとね」

「な、なんのことなの……順を追って話してくれないと、意味がわからないわ」

戸惑う葉子たちの肩を押すと、君枝はもう一度、桜並木を振り返る。

「私がいま感じているこの気持ちが、きっと……私にとっての答えなの」

三人は、桜の綻び始めた並木を、それぞれの眼で見詰めていた。

……そこにはきっと、見つめる瞳の数だけ、違う答えが用意されている筈だから。


「なんだか、気が遠くなるようなお話ですね」

——その夜、由佳里は初音の淹《い》れた紅茶で、早春の夜を楽しんでいた。

「気が遠くなるって云ってもね……初音にしても、もう一年目は終わりよ？　来月には二年生になっているんだから」

「だからですよ。あと二年しかないのに、私がそんなことを考えられるようになるなんて、とても思えませんから」

「そんなものかもしれないわね……あたしにしても、きっと去年の今頃は同じようなことを考えていただろうし」

初音の淹れたミルクティー。これだってそうだ……由佳里はそう思った。

「ね、初音。あなたはきっと気付いていないと思うけれど、寮に入り立ての頃に較べたら、この紅茶の淹れ方なんて格段に巧《うま》くなっているのよ？」

「えっ、そうですか？　それならすごく嬉しいです」

「多分きっと、人の心もこの紅茶みたいにさ、自分が気付かないうちに少しずつ変わっていくんだって思うのよ。でも、それは自分が実際にその場所まで辿り着かないと、実感は出来ないものなのでしょうね」

由佳里もそう云いながら、夕陽の中を帰って行く三人の上級生たちの後ろ姿を心の中で思い浮かべているのだろう。

「……では私たちも解らないなりに、頑張って素敵な卒業式にしなくてはいけませんね」

「そうね。本当に……ああ、でもちょっと送辞だけは遠慮したいところではあるんだけどね。もっと口が巧くて、頭が良い子なんていっぱい居るんだしさ」

「だ、だめですよっ……曲がり形《なり》にも由佳里お姉さまは新生徒会長なんですからっ！」

「曲がり形ねえ……ふぅん、初音も云うようになったわねえ？」

「ああっ⁉」

云ってしまってから初音は思わず口を塞《ふさ》いだ。「曲がり形」と云うのは「なんとか辛うじて形になっている」と云う意味だ。

「ちっ、違いますっ……言葉の流れで意味を考えずに云ってしまっただけでっ……！」

そんなことは由佳里にも解っている。それでも初音を時折こんな風に弄《いじ》りたくなってしまうのは、ひとえに愛情のなせる業《わざ》……と云って良いものだろうか？

「でもそうよね。曲がり形なのは事実だし……ひとつ送辞は、優秀な生徒会新書記である皆瀬初音くんにお願いすることにしようかなあ」

「だっ、駄目ですよぉ……そんなの駄目に決まってるじゃないですかっ⁉」

姉の意地悪に、初音は混乱で目を白黒させている。

「こういうところも、大人にならないといけないのかもね……あたしも、それから初音もね」

慌てている初音を眺めながら、由佳里は笑顔でそうつぶやいていた……。


「これより、聖應女学院第百十期の卒業式を執《と》り行います……」

そしていよいよ、主任教諭の厳かな声と共に卒業式が始まった。

「――卒業証書、授与」

メインイベントである証書の授与が厳かに、けれど呆気《あっけ》なくと云えば、呆気なく始まった。知っている人間が呼ばれて壇を上がる度に、卒業生や在校生の席の一部から控えめな、けれど十分に黄色い悲鳴や、啜り泣きが漏れ聞こえてくる。

「じゃあ、先に行くわね」

「ええ」

葉子の隣には同じ「か」から始まる苗字の斎が座っている。二人が君枝に先だって立ち上がると、さすがに生徒会所属だけあって、周囲から上がる声も大きかった。

「……ありがとう、二人とも」

壇上に上がる友人たちに、そっとそんな言葉を贈る。君枝にとって、二人は間違いなく「得難い友人」と形容すべき人間であるだろうから。

「菅原君枝」

「はい」

そして君枝が呼ばれると歓声や泣き声が拡がり、会場全体からざわめきが起こる。

そんな周囲の声を聴きながら、君枝は思っていた……憧れとは、なんと幼くて、そしてなんと尊い感情なのだろうと。そんな気持ちに突き動かされて、君枝の背筋はすっと伸びて行く。

「菅原君枝……以下、同文」

「ありがとうございます」

学院長の力弱く、優しい手から証書を受ける……予行で何度も行った動作だが、やはり本物の証書を受け取ると幾分かの感慨が湧いてくるものらしい。

「凄い人気ね」

「そうね。恥ずかしいけれど、でも……それが私の務めですから」

そう云って微笑む君枝の姿からは、一切の逡《しゅん》巡《じゅん》は感じられなかった。

巣立って行く生徒たち、そして送り出す生徒たち。それぞれ一人一人にとって違う意味があるのだろう。けれど、それが実感できるほどに充実した式……と云うわけでもない。

「……国会議員だかなんだか知らないけれど、空気を読んでこういう時の訓辞っていうのは是非早めに切り上げて欲しいところよね」

卒業生席の中程で、葉子が溜息混じりにつぶやいている。

「罰当たりな、と云いたいところですが……この足元から忍び寄ってくる花冷えの気温が、首肯《しゅこう》せざるを得ないくらいに寒いです」

斎はちらりと斜め後ろに座っている君枝に目を遣《や》るが、いつもと同じ穏やかな表情で座っているだけだった。

「なんだか、あまり実感が湧きませんね」

周囲で誰かが泣き声でも上げ始めれば、そんな気分にもなるかなんて思っていた斎だったけれど、実際にそれが始まってみても、そう云う気分にはなれなかった。

「私や斎あたりはそう云うところドライだし……進学した先に行ってからじゃないの？　そう云う感慨を持てるのは」

「まさか……どれだけ鈍いって云うんです、大昔の恐竜じゃあるまいし。針に刺されてから悲鳴を上げるまで何秒掛けるつもりですか」

「そんなことを云っていられるのが、余裕のある証拠だと思うけどね……」

壇上では来賓《らいひん》の長い訓辞も終わり、在校生代表による送辞が行われようとしている。

「お姉さま方、ご卒業おめでとうございます……」

君枝はそんな由佳里の姿に、去年の自分を思い浮かべていた。

……最初の一言でどもってしまい、しっかりしなくてはと、君枝はその時に決意したことを思い出す。それに較べたら、いまの由佳里などは堂々としたものだと思える。

「そんなにのんびりしていても良いの、次は貴女の番なのよ？」

余程ぼんやり眺めていたものか、斜め前の葉子から野次《やじ》が飛んでくる。

「まあ、そんなに気負っても仕方ありませんから」

そんな風に肩を竦めてみせる。そう、私の仕事はもう終わっている。そんな風に考えると、妙に肩の力の抜けた気分になる。

「……お姉さま方の今後のご健勝とご活躍を祈念して、感謝の言葉に代えさせていただきます……在校生代表、上岡由佳里」

わっと拍手が湧き、由佳里の送辞が終わったことを告げる。その頃にはもう、君枝の心は澄み切っていた。

「卒業生答辞。卒業生代表、菅原君枝」

「はい」

ゆっくりと立つその姿には、紛れもないエルダーの品格と優しい温もりが溢れていた……。


「……結局、この桜は咲かなかったのね」

講堂から見送られながら退場し、在校生よりも一足早く外に出た卒業生たち。そんな中君枝は、あの桜の樹の下に立っていた。

「そんなにこの樹に花が付くのを見たかったの？　君枝さん」

「斎さん……そうね、どうしてかしら。何となく、この花が咲くのを見ることが最後に必要だったような、そんな気がしていたからかしら」

そっと幹に手を触れると、まだ咲かない梢《こずえ》に目を向けた。他の樹は薄桃色の花びらが梢いっぱいに咲き誇ってると云うのに。

「ま、あれよね……沙世子の話じゃないけれど、この花がいま咲かないのもエヴェレット解釈で考えるべきじゃないかしらね」

葉子がやって来てそんなことを云う。首を傾《かし》げる君枝たちに、葉子が笑う。

「ここで私たちが見られなくて不幸な桜は、けれど違う時期には花を咲かせるわ。その桜を本来であれば見られない人たちが見るのよ……私たちは不幸かも知れないけれど、『他の観測者』は幸せになれるかも知れないでしょう?」

「……そう、なるほど。私の想いはきっと、『次の観測者』に引き継がれることになるわけね。うん、それなら良いわ。私が見られなくても、誰かが見てくれると云うなら、それで良い」

君枝はそう云って、咲かない桜の樹に笑い掛ける。

「皆さん盛り上がっていますが、それは正しい多世界解釈とは云えな……むごっ、もがが っ!」

「はいは～い、沙世ちゃんは余計なことを云っちゃのんのん!」

君枝たちが振り返ると、そこには新生徒会役員たちが揃っていた……もっとも、沙世子は可奈子に口を塞《ふさ》がれていたけれど。

「皆さん、ご卒業おめでとうございます」

由佳里の挨拶に続いて、役員たちが口々にお祝いを述べる。卒業生たちは、それを笑顔で受け止めた。

「これからはあなたたちの時代ですから。私たちの時とはやっぱりひと味違う、そんな聖應の姿を見せて下さいね……期待していますから」

「……はい。努力だけは忘れないように、頑張っていこうと思います」

そんな潑剌《はつらつ》とした由佳里の声の後ろから、黄色い歓声が近づいてくる。

「きゃあ！　お姉さま方ですわ！」

「かぐやの君、帝《みかど》の君っ！　どうか一緒に写真を！」

「……最後のお勤めというところかしらね、君枝？」

「そうね、葉子さん」

「では、私たちはこれで……お姉さま方」

道を空けるように、由佳里たちがすっと脇に退《さ》がる。

「あの子たちが、私の代わりに……新しい観測者になってくれるのね」

「そうね。今までの方々がそうして来たように」

そして観測者の数だけ、新しい世界が拡がっていくに違いない。

そんなことを考えながら、君枝たちは黄色い歓声に呑《の》み込まれていった……。

片隅に見える、あの桜の樹のことを心に刻みつけて。

星の王女

「どうして、お前だけ今ごろに蕾《つぼ》みを付けているんだい？」

一人の少女が、遅咲きの桜……その幹に手を触れて梢《こずえ》を見上げていた。

「そうか。伝えたかったんだね……わかるよ」

少女の声に応《こた》えるように、花びらがはらはらと舞い落ちて、少女の頬《ほお》を過《よ》ぎる。

他の桜並木はもうすっかり花びらを落とし、若葉へとその装いを着替えようとしている。けれど、その一本の樹《き》だけは入学式を控えて未《いま》だ一分咲きと云うところであろうか。

「ならばその想《おも》いは……私が受け取ろう」

ざあっ……。

穏やかな、けれどまだ少し冷たい春風に。

桜の枝が、あたかも少女へと応えを返すように波立って揺れていた……。

「やれやれ、ようやく一息つけそうだね」

「ふふっ、ごめんね薫子《かおるこ》ちゃん……手伝って貰《もら》っちゃって」

「構わないよ、どうせあたしは帰宅部なんだし。新入生の勧誘合戦とも無縁と来れば、少しくらいは手伝わないと罰が当たりそうだもの。あ、マリアさまの場合は、仏罰じゃないよねえ……神罰？」

「えっと、ぶ、仏罰ではないと思いますよ……少なくとも」

晴れて新学期。二年生になった初音《はつね》を待っていたのは、入学式の手伝いとそれに続く対面式の企画運営だった。

そんな忙しそうに立ち回っている初音を見かねた薫子が手を貸すことにした。少ない人数ながらも対面式までを乗り切り、今は丁度片付けが終わって解散をしたところだ。

「薫子ちゃんが良かったら、カフェテラスでお茶でも飲んで行きましょう？　手伝ってくれたお礼に私、おごっちゃいますから」

「え、いやいいよ。手伝ったのはあたしが勝手にしたことなんだし……」

慌てて頭《かぶり》を振る薫子だったけど、その途中でお腹《なか》の虫がくうっと鳴った。

「あ……」

「ふふっ……ね、行きましょう？　それに、私もお腹が空いちゃったから」

初音が愉快《ゆかい》そうに薫子の顔を覗《のぞ》き込む。薫子は顔を朱《あか》くしてそっぽを向いた。

「うっ……ご、ご厚意はありがたく受け取っておくことにしよう……かな」

「あはっ……じゃ、一緒に行きましょう」

一年経《た》って、すっかり薫子にも慣れたのか、いつの間にか初音は薫子ともすっかり打ち解けていた。

「……おや、薫子さん。珍しいね」

「茉清《まきよ》さん。そっちこそ」

カフェテラスに入ると、薫子の二年続けてのクラスメート、真行寺《しんぎょうじ》茉清がコーヒーを持って席を物色しているところだった。

「丁度良かった。これから少し一服しようかと思っていたところなんだけど、一緒にどう？」

「茉清さんはこう云《い》ってるけど、初音は構わない？」

「ええ。茉清さんが良いなら、私は全然」

「そ。じゃ、先に席を取って待っているから」

茉清はそう云って窓際の席を見繕うと、一足先に腰掛けた。

しばらくして、茉清の所に二人がトレイを携《たずさ》えてやってきた。

「お待たせしました」

「おや、二人とも随分《ずいぶん》と重装備だね」

薫子はミルクティーにパンケーキ。初音はストレートティーにチョコレートが挟まったクロワッサンを、それぞれトレイに載せていた。

「あたしたちは対面式の後片付けをしてたから。お腹が空いちゃってね……まだ寮の夕食には二時間くらいあるし」

「そうか、初音さんは生徒会役員だったね。で、こっちの哀れな帰宅部員は嫌々ながらお手伝いをしていたってわけだ」

茉清が手早く状況を整理すると、愉快そうに笑った。

「それを云うなら、茉清さんだって帰宅部のくせに。同族を嘲笑《あざわら》うのは良くない……そう云えば、どうして茉清さんはこんな所でお茶してるのさ？」

「……多分、この時間に帰ると、茉清さんも勧誘されるからじゃないでしょうか」

初音が紅茶に砂糖を入れながら、楽しそうに云った。少し笑いを堪《こら》えている風でもある。

「ははっ、ご炯眼《けいがん》恐れ入るね。ま、そんなわけで帰宅部って云うのも時には苦労が多いものだよ」

茉清はからからと笑ってコーヒーに手を伸ばす。薫子は今の会話の意味がわからなくて、パンケーキにメープルシロップを掛けながら頭をひねっていた。

「ああ……勧誘されるのが嫌で、下校時刻までここで粘るつもりなんだ、茉清さんは」

薫子は若干うんざりした口調で返すと、そのまま切ったパンケーキを口に放《ほう》り込んだ。

「やっと気付いたの？　相変わらずね、薫子さん」

文化系の部活動ならどこに所属しても活躍できるだろう才能は持っている、そんな茉清には確かに勧誘の引く手が数多《あまた》あるのだろう。けれど、それを覆して余りある……というか、溢《あふ》れるほどの人付き合いの悪さという面を茉清は持っている。それは普段、ファンの少女たちですら容易に近寄れない雰囲気を醸しているのだった。クラスでまともに会話が出来るのも、実は薫子を含む数人程度でしかない。

「普段はみんな私になんか寄ってても来ないものなんだけれど……勧誘のお祭りのような雰囲気に後押しされるのかな、この時ばかりは容赦がなくてね」

「なるほどね……茉清さんをして辟易《へきえき》させるなんて、勧誘パワーのなんと熾烈《しれつ》なことか、だね」

「そういう貴女《あなた》も去年体験したでしょうに……どうだったのよ、その時は」

「へ、あたし？　あたしはほら、目付き悪かったもの。誰も近づいて来なかったわよ？　茉清さんみたいに尊敬とか、緊張で近寄れないんじゃなくて、怖がられてたんだもの、単純にね」

「ふふっ、もう薫子ちゃんったら」

「そんなこと云って、あの頃《ころ》は初音だってあたしと話してる時、たまにびくってウサギみたいに震えてたくせに。ちゃんと覚えてるぞ？」

「あ、えっと……ご、ごめんなさい」

初音を縮こまらせて満足させた薫子は、パンケーキの残りに取り掛かる。そんな様子を、茉清は興味深げに眺めていたけれど、ふと何かを思い出したようだ。

「……そう云えば、対面式でちょっと変わった新入生を見たな。二人は気がついたかい？」

「変わった新入生、ですか？　いいえ、特には……薫子ちゃんはどうです？」

「あたしも、別に見なかったなあ……どんなの？」

「どんなのって、人はものじゃないんだから……そうか、見なかったか」

茉清はその容姿を思い出すように、コーヒーに口を付ける。

「去年の薫子さんのように鋭い目付きをしてる子だったよ。もっとも、薫子さんを街の不良と喩《たと》えるなら、あの子はなんて云うか高貴な感じでさ。きっとああいうのを古拙《アルカイック》な微笑《スマイル》って云うんだろうな」

「ああ、まあそのなんとかスマイルとかについては文句を云うつもりはないんだけどさ……あたしが街の不良みたいって云うのはもうちょっとどうにかならなかったわけ？」

「……薫子さんさ、自分でも柄悪いって、実はちょっと思ってるでしょう」

「え。いや、まあ……否定は出来ないかな、とは」

「うんうん。さもありなん……なら、私に文句を云うのは筋違いよね？」

「う、ぐっ……」

「ふ、ふふっ……くっ……」

そんな遣《や》り取《と》りを、クロワッサンをかじりながら横で聞いていた初音が、笑いを堪えようと必死に肩を震わせていた……。

「思っていたよりも、面白い方ですね……茉清さんて」

コーヒーを飲み終わった茉清は、もう少し時間を潰《つぶ》すと云って、図書館へと去ってしまった。薫子たちはカフェテラスを出ると桜並木に踏み出した。

「まあ、そうかもね……あれで斑《むら》っ気がなければもっと良いと思うんだけどね」

「むらっけ……？」

「なんて云うのかな、機嫌がいいとあんな調子なんだけど、そうでない時は返事がおざなりだったり、下手をすると返事もしない時があるんだよね……もっとも、悪気がある訳じゃなくて、単に面倒くさいだけらしいんだけど」

「な、なるほど……じゃあ今日は運が良かったんですね」

「ま、あたしは基本的に、茉清さんの機嫌なんてお構いなしに話してるから。茉清さんもそう云う方が楽みたいだしさ」

「……そう云うところ、薫子ちゃんはすごいって思うな」

「なんだろう、あんまり褒《ほ》められてないような気がするな……ん？」

薫子はそこで歩みを止めると、礼拝堂に目を遣《や》った。

「どうかしましたか？　薫子ちゃん」

「いや、礼拝堂の入り口、開いてるなと思って」

「ああ、本当ですね。閉めないと」

礼拝堂の大扉は基本的には開放禁止になっていて、開いているのを見付けた場合には閉めるようにと聖應《せいおう》の生徒たちは指導されている。

「……誰か、いらっしゃるのかしら？」

閉める前に確認の為に中を覗き込んだ初音は、そこで無言になった。

「どうしたの、初音……あ」

――確かに、礼拝堂の中には人影があった。

夕陽《ゆうひ》の光がステンドグラスを介して淡く流れ込むその只中《ただなか》に、一人の少女が立っていた……細身の長身に、日本人とは違うブルネットの髪。それが光を吸い込んで、淡い琥《こ》珀《はく》色にきらめいている。そして僅《わず》かに褐色《かっしょく》がかった肌の色と対照的なエメラルドグリーンの瞳《ひとみ》が、穏やかに覗いている。

「――小さいけれど、素敵な教会だね」

意外なことに、その日本人離れした容貌《ようぼう》から滑り出たのは流暢《りゅうちょう》な日本語だった。不思議な違和感を、薫子たちは感じていた。

「あなた、見掛けない方ね……新入生なのかしら？」

さっき茉清さんが変わった新入生を見た、と云っていたことを、ここにきて薫子は思い出していた。

「ああ、そうだね。この学院に今年入学した、と云う意味でなら私は新入生」

ちょっと会話のニュアンスが日本人と異なるのは、相手が外国の人間だからなのだろうか……そんなことを、薫子は考えていた。

「そうですか。ええと、この教会の扉は、必ず閉めるのが決まりになっているの」

初音は、他の新入生に話すように、決まっている規則を目の前の少女に説明する。不思議と、威圧感の所為《せい》なのか初音の方が年下に見えてしまう。

「そうなの？　教会の扉というものは普通迷える子羊を救う為《ため》に、いつでも開け放たれているものではないの？」

「この教会は、学院の生徒にのみ開放されていて、学院の規則で扉は閉めておくようにと決められているの」

「そう。規則であるなら、それには従うべきだね。まあ、確かに最近は犯罪が多いから、教会でも扉を開け放したままにしているところは少ないのだろうけれど」

なんだか奇妙な会話だ。つかみ所のない、雲のような相手と話をしているような気分になってくる……薫子がそう思っていると、少女は不意に美しい微笑を湛《たた》えて二人を見た。

「今日は、初めて話しかけられたんだ。やはり外国人は日本語が喋《しゃべ》れないと思われているのかな？」

綺麗《きれい》な笑顔だった。まるで聖母像か何かのように穏やかに、柔らかな瞳で笑う。

「そりゃ、いきなり貴女みたいな美人がいたら、話し掛けるのは戸惑うでしょうね」

そんな薫子の言葉に少女は少しだけ驚きを見せると、こちらに歩み寄ってくる。

「美人。この国では美人というと、貴女のような人のことを云うのではないのかな？」

穏やかな微笑が薫子を見詰めて止まる。何故《なぜ》か彼女に見詰められると、心穏やかならざる自分が居ることに薫子は気がついた。

「ふふっ、どっちも美人ですよ」

「ちょ、ちょっと初音……」

二人の会話が可笑しかったのか、笑いを零《こぼ》しながら、初音がそう付け加えた。

「もう。それで……貴女、お名前は？」

少し顔を朱くした薫子が、少女に名前を尋ねる。半分は照れ隠しもあるのだろう。それに対して背筋を伸ばして、悠然と立った彼女は答えた。

「ケイリ・グランセリウス……私は夜に在り、数多星々を司《つかさど》る星の王女だ」

それが薫子たちと、少女——ケイリとの出逢《であ》いだった。


「凄《すご》いわね、いきなり自己紹介でそう云い放ったわけ？　大物ね」

その晩、食堂での話題は異邦人の少女についてだった。

「いや、でもすっごい貫禄《かんろく》があるんですよ……思わず迫力に負けちゃいましてね」

「へえ……それで？」

「いや、お迎えの車が来たとかで、乗って帰りましたけどね。良いところのお嬢さんなんじゃないですかねえ」

話し言葉が男言葉ではあるけれども丁寧《ていねい》で、話す内容は気さくなものだった。けれど何か、言葉で云えない破天荒《はてんこう》な部分を、薫子にしても初音にしても感じたのだった。

「なんだかとても年に似合わない落ち着きと云いますか、とても達観している感じがあって……それが凄く不思議な感じでしたね」

「そうなのですか……なんだか、逢ってみたい子ですね」

奏《かな》も関心があるのだろう。二人の話を楽しそうに聞いていた。

「けど確かに謎《なぞ》は多いよね。この学院に転入してきた理由もそうだけど、日本語が普通に巧《うま》すぎだし。なんで男言葉なのかさっぱりだし」

「まあ、それだけ目立つ子なら、噂《うわさ》が広まるのも早いんじゃないかな……良かれ悪しかれ、この学院は情報通やら事情通やら多いからね」

「でもそれ、本人とネットワークが繋《つな》がっている場合だけじゃないでしょうか……」

奏が由佳里《ゆかり》に突っ込みを入れる。だが確かに、情報を知っている人間が繋がっているからこそ、情報というのは洩《も》れるものだし、流れても来る。誰も知らない情報は手に入れようがない。

「なるほど。それは盲点《もうてん》だったわね……じゃ、詳しい情報は二人に任せるしかないわね」

「そんな……今日だって偶然に逢ったんですから、学年も違うのにそうそうばったりとは行きませんよ」

薫子は、そんな由佳里の能転気な発言に呆《あき》れて肩を竦《すく》めた……。

ところが、そんな「ばったり」は薫子が思ったよりも早くに訪れた。

「薫子」

「ん……ああ、ケイリじゃない」

次の日、薫子が廊下を歩いていると、背後から声が掛かる。

「ごきげんよう。どう？　学校は」

「悪くないな。外国人が相手だと、皆親身になってくれる」

冗談なのか本気なのか、流暢な日本語でそんなことを云われてしまうと、薫子はどっちなのか判断に困った。

「……そうだ、薫子。良かったら今日のランチ、一緒に摂《と》らないか？」

「へ？　ああ、別に構わないけど……友だちとかは良いの？」

「ええ。今は薫子が気になっているところだから」

気になっている、と云うのはどういう意味だろう……薫子はふとそう思った。

「オーケイ、じゃあお昼に迎えに来て。私の教室は1‐Aだから。またね薫子……ちゅっ」

「うぁっ!?」

キーンコーンカーンコーン……。

ケイリは薫子の頬《ほお》にキスすると、綺麗にウィンクを決めて颯爽《さっそう》と階段に姿を消した。

思わなかった。

「……迎えに来いって、あの子あたしを先輩だと思ってないな」

そこで薫子は呼び捨てにされていたことに気付いたけれど、それは不思議と不快には思わなかった。

「なんなんだろう、生まれつきの上から目線とでも云うのかな、あれは……」

薫子は呆気に取られてしまって、ケイリが消えた階段をぼんやり眺めていた……。


そして午前中の授業も終わり、昼休み――。

「……えっと、ごめんね。ケイリ・グランセリウス嬢はいるかな？」

「えっ、あっ⁉　はいっ……‼」

薫子が1-Aの「受付嬢」に声を掛けると、彼女は一瞬きょとんとした後で、目を白黒させて立ち上がった。

「あ、薫子！　初音も……ありがとう、迎えに来てくれたんだね」

約束通り、薫子がケイリのクラスを訪ねると、クラスが勢いざわっと色めき立った。

飽くまでも物腰優雅に歩いてくるケイリだけど、クラス中の視線が集中していた。

「あの、ケイリさん……さ、さすがにお姉さま方まで呼び捨ては拙《まず》いのではないかしら。しかも相手は生徒会役員の初音お姉さまと、騎士《ナイト》の君ですよ」

上級生を呼び捨てにするケイリに、受付嬢の子もさすがに泡を食ったのだろう。やんわりと注意を試みる。

「おや、何か拙いかな。ところで騎士《ナイト》の君って誰のこと……もしかして薫子？」

ケイリは当然のように何処《どこ》吹く風だ。

「私も薫子さんも、確かに怒りはしませんけれど……ただ一応、仕来《しきた》りとして決まっていることですから。集団生活をケイリちゃんが重んじたいと考えてくれるなら、守ってくれると生徒会役員としては嬉しいわね」

「……なるほど、それは全く返す言葉がないですね。初音お姉さま、それから薫子お姉さま。ご無礼をお許し頂けますか」

そんな二人の遣り取りを見て、周囲から小さく歓声が上がる。

「さすが初音お姉さまです、お言葉が理に適《かな》っていらっしゃるし、それにお優しい」

「本当、素敵です……」

クラス中に零れるそんな遣り取りに、三人はなんとも云えない居心地の悪さを感じる。

「まあ、あたしは別に怒ってはいないから……じゃ、行こうかケイリ」

「ええ……ありがとうございます」

熱い視線を背中に受けながら、薫子たちは一年生の廊下を後にした……。

「はっ、さすがにあれには参りましたね」

食堂に着いたケイリは軽く頭を掻《か》く真似《まね》事をすると、肩を竦めた。

「ちなみに、上級生が下級生を迎えに行くのも本来は何か特別な意味があるらしいよ」

「オーケイ、今後は気を付けることにするよ。『お姉さま方』」

「まあ、私たちの為、と云うよりも自分の為にね。目立つ場所では気を付けた方が良いと思いますよ」

「そうだね。集団生活の中での孤立は避けたいところだし……肝《きも》に銘《めい》じることにします。ところで、『騎士《ナイト》の君』というのは、やはり薫子のことだよね？」

「……いいんだよケイリ、そう云うことは覚えてなくてもさ」

「ふふふっ……」

「取り敢えず、お昼ご飯をいただいてしまいましょう？　話はそのあとでも出来ますから」

「そうだね。そうしよう……何か二人のおすすめのメニューはありませんか？」

「おすすめって云ってもなあ。あたしと初音じゃ食べる量が違うから」

「そうね。ケイリちゃんは結構食べる方ですか？」

「……どうだろう、普通かな？　薫子が大食漢だと云うなら、薫子ほどは食べないと思いますよ」

「はいはい。素敵な比喩《ひゆ》をありがとう……じゃあそうだなあ、これなんてどうかな。ビーフシチュー・プレート」

「豪華だね。ああ、でも肝心のシチューの量はそうでもないんだ」

「ええ、付け合わせのフレンチフライやバゲットを付けて食べる様になっているの」

「ではこれにしましょう。もっとも、私の口は金魚みたいなここの生徒たちよりは少し大きいから、そんなにちょっとずつ食べたりしないと思うけれど」

「もう、ケイリはいちいち皮肉を云わないと物事が進められないみたいだな」

「違いますよ。そんな風に少しずつ啄《ついば》んで食べる女の子たちは可愛いと云う話」

くすくすと初音が微笑《わら》う。やはり先輩と後輩と云うよりは気心の知れた友だちに近いと思えてしまうようだ。


「良いね、これは美味《おい》しい……シチューもそうですが、何よりもバゲットが美味しい」

「そりゃ良かった。薦《すす》めた甲斐《かい》があったかな」

薫子はカルボナーラ、少食な初音はミックスサンドを食べている。

「薦めておいて、どうして薫子はパスタを食べているのかな？」

「今日は少しお腹が空いてるから、もうちょっと腹持ちの良さそうなものにしようと思って。質よりも量を取ったわけ……もっとも、これも結構美味しいんだけどね」

「学食のお料理は、すごく丁寧に作っていただいていますからね。なんでも美味しいですよ」

初音のミックスサンドにしても、三つあるサンドイッチは総て具材が違う。学食としては異様な凝《こ》りようと云って良いだろう。

「食事が美味しいのは大切なことだね。心が豊かになる」

「むぐ……そんな先生みたいなことを云われても困るな」

「理に適ったことを云うのは、何も先生だけの仕事というわけではないよ。さっきの初音然《しか》りね」

「まあ、ああしないとあの場は収まらなかったでしょうから」

「感謝しているよ。人は過ちを犯して成長するものだから」

ケイリが微笑む。反省しているのか、それともからかわれているのか、その表情からは今ひとつ読み取れないところがある。

「ところで初音、さっきの『騎士《ナイト》の君』の話なんだけど……」

「……まだ引っ張るの、それ」

ぐったり、という表情を見せる薫子に、初音は思わず笑い出してしまった……。


「……と、云うようなわけで、薫子ちゃんにはそんな二つ名が付いたの」

昨年の秋、奏の為にフェンシング部エースと決闘をし、見事に破った薫子は、それ以来一部生徒たちに「騎士《ナイト》の君」と名付けられて勇名を馳《は》せてしまった。

薫子の容姿にぴったりであったのか、その通り名は学院中を噂千里に駆け抜けて、新入生たちにも既に広く受け容れられて今に至るのだった。

「そう。そんなことがあったんだ……その薫子の『お姉さま』にも逢《あ》ってみたいね」

初音からそんな通り名にまつわる英雄譚《えいゆうたん》を拝聴すると、ケイリは楽しそうに眼《め》を輝かせた。

「そう云えば前にケイリのことを話したら、奏お姉さまも逢ってみたいって云ってたよ」

「おや、それは光栄。きっと変人か何かだと思われたのでしょうね」

「ふふっ、ケイリちゃんったら」

　肩を竦めるケイリに、初音が微笑う。

「……しっかし、ケイリは日本語が上手だな。見た目とのギャップが激しすぎだよ」

　ハリウッド映画の日本語吹き替えを見ているような気分だな、と薫子は思った。

「小さい頃から日本にいるから。ただ、英語と一緒に話しながら育った所為かな。会話の流れ方が若干おかしい時がある」

「そうですか？　とても流暢に聞こえますけれど」

「普通、二カ国語《バイリンガル》を話す人間と云うものは、日本語を使う時は日本語で、英語で話す時は英語で考えているものなんだそうだけれど……私は何故か時折、英語で考えたものを日本語で話す癖《くせ》が付いているらしくてね。それで時折散文的になったり、持って回った表現になったりするらしい」

「便利そうだと思ってたけど……なんだか大変なんだな、バイリンガルも」

「私なんかはそれ程でもないと思う。ヨーロッパに行けば、普通に英・仏・独とか三カ国語くらい話せるのはざらだから。世の中には三〇カ国語くらい話せる人間もいるそうだよ」

「ひえぇ……そんなのは論外だよ。そんなに話せても普通の人間には何も良いことがないじゃないか。頭の中ぐっちゃぐちゃになってそうだし」

「そうかな？　どんな国の本でも読むことが出来て、正しく理解することが出来るのはとても素晴らしいことだと思うけどね」

「いいえ、ケイリちゃんは、聖應《ここ》に来る前は、日本のどこか他の学校に通っていたのですか？」

「いいえ、イギリスと日本を行ったり来たり。たまに北欧とかにもね……だから、学校で教育を受けるのは初めて。ずっと家庭教師に勉強を見て貰《もら》っていたから」

「うわ、そうなんだ……」

「皆が同じ服を着て、一定の規則に従って集団生活するのは面白いものだね。とても興味深い」

「へ、変なところに興味があるんだね……」

だけど、よくよく考えてみれば、やったことがなければそれが当然なのかも知れないな、と薫子は思った。

「それなら、良かったらうちの寮にでも遊びに来てみる？　さっきあたしのお姉さまにも逢ってみたいって云っていたけれど」

「ああ、逢ってみたいね。それにしても、寮があるなんて全然知らなかった」

「入学したばかりだもの知らないよね。まあもっとも、寮って云っても四人しかいないんだけど」

「そう云えば英国のパブリック・スクールが原型だと入学案内に……なら基本は全寮制だったんだね。それは是非お邪魔してみたい。無論、迷惑にならなければだけれど」

「あたしはいつでも。あ、でも一応招待しても大丈夫かどうか聞いてみないと。その辺の規則はよく知らないんだよね」

「それは寮母さんにお伺いすれば解りますよ。じゃあお許しが出たら、ケイリちゃんを寮にご招待しますね」

「ありがとう。今度はちゃんと、結果を初音のクラスに『聞きに行く』ことにするよ」

そう云って、ケイリは愉快そうに笑った……。


「ケイリちゃん、とてもしっかりしていますね」

食堂でケイリと別れ、薫子たちが教室に戻る途中、初音がふと口を開いた。

「ああ……でも、あれはしっかりって形容して良いものなんだろーか」

話し方が男っぽいけれど、すごく女性らしい優雅な声をしている。その所為でそれが柔らかく聞こえるから、特に文句を云う気にはならないのだけれど……よく考えてみると、彼女は新入生で年下なのだった。

「確かに少し上から目線なところはあるけれど、学校などにも通っていなかったことや、欧米的な考え方をしていると考えると、とても謙虚な子なんじゃないかって思うの……

年功序列とかではなくて、相手の知性と品性を見て話をしているような感じ」

「あのさ初音、知性とか品性とかって単語、私にとって果てしなーくお呼びでない部分の様な気がするんだけど……」

「薫子ちゃん、『知性と品性』っていうのは、『頭の良さと品の良さ』って意味じゃありませんよ？」

初音は、可笑しそうに笑いを堪えると言葉を続けた。

「どれだけ相手のことを解ろうとしているか、優しさを持って人と接しているか……きっとそう云うことだと思いますから」

「それだって、あたしは自信ないけどなあ」

「そうでしょうね。そんなことに自信を持っていたら、その人は一度反省をした方が良いと思いますから」

「え？　あれ、そう……なの？　なんだか良く解らなくなってきた……」

初音の言葉に薫子が首をひねる。そんな様子の薫子を初音は楽しそうに眺めていた……。


「こんばんは。ご招待ありがとう」

そんなわけで数日後、寮にケイリが遊びにやってきた。

「いらっしゃい。まあ上がって……取り敢えずあたしの部屋かな」

　薫子はケイリを連れて、自室へ案内することにした。

「女の子の部屋としては割とシンプルだね、薫子」

　部屋に入った時、ケイリの第一声はそれだった。

「……あんまり飾りとか考えないから」

「ん？　どうして部屋の感想を云っただけで、そんな顔をして拗《す》ねるのかな」

「いや、女の子の部屋っぽくなくて申し訳ありませんね……と思ってさ」

　拗ねているらしい薫子を、ケイリは一笑に付す。

「ははっ……薫子、部屋の趣味に男性も女性もないよ。シンプルならシンプルで構わないでしょう。座っても構わない？」

「あ、うん。ごめん、椅子《いす》も勧《すす》めないで」

「気にしない気にしない」

　笑いながらケイリは腰を掛ける。

「……なるほど、これが櫻館《さくらやかた》なんだね」

「櫻館？」

　聞き慣れない単語に、薫子は首をひねる。

「図書室で調べたんです。その昔、学院が高等教育のみの全寮制だった頃……この場所には五つの寮があったそうです。それでここが現存する最後のひとつ『櫻館』」

「知らなかった……この建物、名前あったんだね」

「いま室内プールが建設されているあの場所からここまで、昔はずっと寮が並んでいたんだって。『椿《つばき》館』『榎《えのき》館』『楸《ひさぎ》館』『柊《ひいらぎ》館』……そして最後に建てられたのが、この『櫻館』なんだって。それぞれの寮の前には名前と同じ植物を植えて、それを目印にしたんだそうだ」

「へえ……なんかロマンチック。でもケイリ、そんなの調べちゃうくらいにここに来るのが楽しみだったの？」

「まあね。明治・大正期の建造物はすごく私の興味をそそるんだ……この時代の建物はね、日本建築の大工たちが創意工夫して、自分の建築法で欧州の建造物を真似ていた時期でね。微妙に和洋折衷していたり、洋風建築なのに木造だったり尺貫法で建てられていたりするんだ」

「……なんか、女の子らしからぬ趣味じゃない？　それって」

「ふふっ、だから云ってるでしょう。男とか、女なんて云う縛りは無意味《ナンセンス》だよ。実際気になることが出来てしまったら、男も女も関係ないのだから」

コンコン……その時、部屋のドアがノックされた。

「お客さま、いらっしゃっているのですか？」

「お姉さま。ええ、来てますよ。どうぞ」

「失礼しますね」

そう云って奏が入ってくる。その手には紅茶のポットを載せたトレイが携えられている。

「わっ、お姉さま……そんなことしなくても！」

慌ててトレイを受け取りに立ち上がる薫子に、奏が微笑《ほほえ》みを返す。

「いいのですよ。これは私が好きでやっているんですから」

そのまま、奏はケイリと眼が合った。

「貴女が、ケイリちゃんですか？」

そう云われて、ケイリはしばらく奏を見詰めていたけれど、ふいと笑ってからゆっくり頭を下げた。

「ケイリ・グランセリウスと申します。今日は訪問を快くお許しいただきありがとうございます」

「こんにちは。周防院《すおういん》奏と申します……よろしくね」

……不思議なことに。いつもフランクな口調を崩さなかったケイリが、奏には丁寧に挨拶《あいさつ》を返して見せたのだった。

「……どうしたのケイリ、何か悪いものでも食べたの？」

「いや、薫子……貴女ね」

二人の奇妙な遣り取りを見て、奏が微笑う。

「ふふっ、仲が良いのですね二人とも……さ、良かったらお茶をどうぞ」

「……どうにも、調子が狂うな」

そう云いながらも、ケイリの表情には満更ではないものが浮かんでいた……。

「とても美味しかったです。けれど、ここまで変わってしまうと、ちょっとイギリス料理と云って良いのかは解りませんね」

初めから泊まっていくと云う約束だったので、ケイリはみんなと一緒に夕食を摂った。今は食後のお茶の時間だ。

「前に寮母さんに云われたことがあるけれど……そんなに不味《まず》いものなの？　本場のって」

薫子の疑問に、ケイリは笑って答える。

「まあなんというか、もっと素朴な味がするね。調味に手間を掛けないって云い換えても良いけどね」

そんな言葉にウィンクを付けられると、薫子としては何か言外の意味を感じてしまう。

「そうです。思い出しました……私、お逢いしたらケイリちゃんに聞いてみたいことがあったのですよ」

「奏が私にですか……なんです？」

「薫子ちゃんたちと最初に逢った日、変わった自己紹介をしたって聞きました。あれは、どういう意味なのですか？」

「あ、そう云えば……」

奏に云われて、薫子もそれを思い出した。

「私も良く覚えています。なんか、すごく印象深い言葉だったから……『夜に在り、数多星々を司る星の王女』でしたっけ」

余程印象的であったのか、初音も覚えていたらしい。

「ああ、それですか……そのままの意味と云えばそうなのですけれど。私が生まれた時に占星術師がそう云ったそうなんですよ」

「星占い……？」

「薫子、星座占いと占星学は異なるものだよ。私が云っているのは天球図《ホロスコープ》を描いて世界と自分との共時性《シンクロニシティ》を探る学問の方だ」

「難しいこと云うのやめてよね……要するに、雑誌の十二宮占いみたいなのじゃなくて、あの難しい記号やら円グラフみたいなのがごちゃごちゃしてるアレなのね？」

「そういうこと。それでね、私は大きくなってから自分で……その出生の時の自分の天球図を書いてみたんだ」

「ケイリちゃん、自分で天球図書けるんだ……すごいね」

初音が感心する。と云うことは結構難しい技術なのだろう……と、薫子はぼんやりと思った。

「私の出生図には所有するものを示す場所に天王星《ウラヌス》が在ってね。運命を示す場所には灶神星《ヴェスタ》が居る……それを言葉に翻訳すると、私は星々を司ることを義務として背負っている、と云う意味になるんだ」

「なるほど……でもケイリちゃん、『義務』と云う言葉はなんだか少し悲しいですね」

奏の言葉に、ケイリは小さく肯《うなず》いた。

「ええ、あまり良い意味ではありませんね。でも、それが運命なら私は受け容《い》れようと思いますから。私は星々を司るけれど、逆に私は星の呪縛《じゅばく》から逃れられない」

もしかしたら、ケイリの言葉には言外の不幸な意味があるのかも……彼女の儚《はかな》げな表情に、薫子はそんな風に思ったけれど、真意は薫子には解らなかった。

「……奏、貴女は優しい方ですね。占った通りだ」

「ケイリちゃん……」

そんなケイリの感情を奏も感じ取ったのだろう、奏も少し心配そうな顔になる。

「良いんですよ。私のことはね……少なくとも、そんな顔をして貰えるだけでもう十分に私の心は癒《いや》されているから」

「そう云う、なんか哲学的な話はあたし好きじゃないなー。占いは占いでも、なんつーか、もうちょっとハッピーな話はないのかね？」

由佳里がそんなことを云う。多分、由佳里なりにケイリに気を遣っているのだろう。

「ハッピーですか？　ありますよ。実は、今夜の目的はもうひとつあったんです」

「……もうひとつ？」

気を取り直したのか、ケイリは奏たちに笑って見せた……。

「占いで視《み》えた、もうひとつの『願い』があれだよ」

「わ……!!」

ケイリに導かれて外に出た薫子たちが見たのは、夜空に咲く満開の桜の花……だった。

「この桜の樹……」

「以前の占いで、この樹に誰かの想いが遺されているのに気付いててね。それを叶《かな》えてあげようと思って」

室内プール工事現場のライトが、背後から夜桜を照らして、幻想的な光景を映し出している。

「この桜の樹……君枝《きみえ》会長が最後まで気に掛けていた」

「由佳里、貴女の知り合い？　この桜の、一番綺麗なところを見て欲しいって……その人はそう願っていた」

「え、ええ……」

由佳里は、あまりのことに言葉を失った。もう卒業してしまった君枝のことなど、ケイリが知っている筈はないのだから。

「だから、この樹はそれに答えようとしたんだ。でも周囲の環境がそれを許してくれなかった……こんなに咲くのが遅くなって、その人は結局見ることが出来なかったね」

「こんなことって、あるんですね……」

初音も、咲き乱れる桜の花を驚きと共に見上げる。「蓋《ふた》を開ける観測者」と云う沙世《さよ》子《こ》の言葉を思い出していた。それがケイリだったのかも知れない。

「でも、これで約束は果たしたね。その人の想いを継ぐ人たちにちゃんと一番美しいところを見せることが出来たのだから」

その言葉に答えるかのように春の夜風が吹くと、視界一面に桜の花びらが舞った……！

「う……わ……!!」

みんな声も出ずに、その様子に見惚《みと》れている……ケイリだって例外ではない。

「想いは継がれていくね。総ての想いがそうであって欲しいと思うけれど……それも難しい。でもこうして手伝うことは出来る。希望《のぞみ》はある」

そんなケイリの声は、けれど桜の梢が揺れる音に、小さく掻き消えていく。

「なんだかケイリは、魔法使いみたいだ」

「ははっ、まさか。そんなことはないよ。魔法が使えたらこの桜だってもっと早くに咲いただろうからね」

そう云ってケイリは微笑う。想いをひとつ、繋ぐことが出来たから。

……いつか叶えられる、小さな約束のひとつとなって。

櫻の園のエトワール

「……梅雨《つゆ》の隙間《すきま》からそっと大陽が顔を覗《のぞ》かせて、涼風に露光る若葉が揺れる……気持ちの良い午後となりました。皆さんいかがお過ごしでしょうか、お昼の院内放送の時間です」

――六月、昼休みのひととき。柔らかく爽《さわ》やかな、それでいて優雅な声がスピーカーから流れてくる。

「あ、今日は金曜日……セイレーンの君ですわ」

「私、金曜日はいつもこの時間が楽しみなんですの！」

「あら、もちろん私もです！　そう云《い》えば、お聞きになりましたか……」

去年夏から始まった毎週金曜日の院内放送は優しいお喋《しゃべ》りと緩やかなクラシック音楽、そして週末への期待を膨らませるような番組構成で評判を博している。

「本日の一曲目は、フェリックス・メンデルスゾーン作曲の独唱曲『歌の翼に』です。メンデルスゾーンらしい美しいアルペジオに、可憐《かれん》なハイネの恋の詞《うた》が重なって、素敵なハーモニーを奏でます。是非、外に揺れる鮮やかな青葉を眺めながら、曲を楽しんでみて下さい……」

やがてゆっくりとピアノの伴奏に乗せて、女性の透き通った声が流れ始めた……。

「今年の放送委員会は、頑張って活動していらっしゃいますね」

そんな放送を楽しみながら、奏《かな》たち寮の四人は食堂で昼食を楽しんでいた。

「ああ、この放送ファンが多いよね……クラスで良く話題になるもの。クラシックはよくわかんないけどさ、この話してる人の声は凄《すご》く気持ちが良いね」

そんな薫子《かおるこ》の言葉に、由佳里《ゆかり》が肯《うなず》く。

「放送委員長の魚住響姫《うおずみひびき》嬢よ。毎年、放送委員会では委員長が放送の指針を決めてるらしいけど、今年は結構凝《こ》ってるわね」

「前期は毎日二〇分程度の番組でしたが、今期は月水金に、それぞれ三〇分で放送していらっしゃるんですね」

「回数よりも内容を充実させたいって云ってたわね、響姫さんは」

「それにしても、金曜はクラシック音楽を扱ってるのに、ポップスや流行音楽を扱ってる月曜とか水曜より人気があるんだよね……この学院ってほんと不思議」

薫子がそう云うと、可笑《おか》しそうに由佳里が笑う。

「ふふっ、薫子いま自分で云ってたじゃないの……クラシックは解《わか》らないけど声は気持ちいいって。理由としてはそっちも大きいと思うよ？　選曲も、クラシックが解らない私たちにも嫌味なく入ってくる感じの曲が多いしね」

「声の出し方は勿論《もちろん》ですが、会話も、曲の入りにしても話題の繋《つな》げ方も、聞いていて無理がありませんから。かなり頑張って毎週番組を作られているのでしょうね」

「なるほど。奏お姉さまがそこまで褒《ほ》めちゃうくらいの構成力があるってことなんだ……」

「薫子ちゃん、私は専門家じゃありませんからね？」

「いやいや、欺《だま》されませんから。お姉さまと映画を見に行くと感想がすっごい厳しいもの」

「そ、そうでしょうか……」

薫子にそうからかわれて奏が朱《あか》くなった。

「しかしそうか。ってことは、今年のエルダー選挙は芸術家対決になりそうね」

「えっ……」

由佳里から出たエルダーと云う単語に、他の三人が一斉に喰《く》い付いた。

「……君ら、噂《うわさ》もチェックしておらんのかね。最有力候補なのだよ……放送委員長、『セイレーンの君』こと魚住響姫と、我らが演劇部の『白菊《しらぎく》の君』周防院《すおういん》奏……その二人がね」

由佳里のちょっと芝居じみた科白《せりふ》に、奏と薫子の二人は眼《め》を丸くした。

「奏お姉さまが、エルダー……」

「私が、ですか……ですが」

「おっとストップ。奏ちゃんのことだから、まあ色々気になるところはあると思うけどね……実際にそういう噂が上がってるし、ほとんど確定で良いんじゃないかと私は見てる」

「確かに奏さまの演劇部は今年の学院祭でも話題の的でしたし、そのうえ一昨年《おととし》のエルダーでいらっしゃった瑞穂《みずほ》さまの『妹』でもあるわけですから。当然と云えば、当然でしょうね」

初音《はつね》が冷静に今の状況を分析するけれど、それは奏を余計に混乱させるだけのようだった。

「あの、由佳里ちゃんも……候補に入っているのではありませんか？」

「私？　あー、確かに少し聞いたような。でも、声的には全然ね……やっぱり、エルダーたるものガサツなのは駄目なんじゃないかしらね」

由佳里はちょっと愉快そうに笑った。自分が候補じゃないのは当然、と云うような口ぶりだ。

「まあ奏ちゃん、心配しても仕方がないよ。だって、エルダー・シスター制度は他薦のみで、しかも拒否権も無ければ義務もないって云う代物だからね。なる前から心配したって無駄無駄」

「そ、それはそうなのですが……」

「さて、私たちは会室に用があるから先に行くね。薫子、ちゃんと奏ちゃんのメンタル・ケアをしてあげてね……じゃ」

　云いたいことだけを云うと、由佳里は食器を載せたトレイを持って立ち上がる。それを見て初音も慌てて後を付いていく。

「そんな、メンタル・ケアって……奏お姉さま、大丈夫？」

「え、ええ……大丈夫です。でも、大変なことになってきましたね」

　そう答える奏の笑顔は、なんだか少し弱いように感じられた……。


「ああ、聞いているわ。周防院さまをエルダー候補にって話よね」

　教室に帰り、茉清《まきよ》に訊《たず》ねてみるとやはり当たり前のように返事が返ってきた。

「そうなんだ……もしかしてあたしだけ？　話題に乗り遅れているのは」

「こういうものは、該当者の直近になればなるほど情報が遅れて入ってくるものじゃないかしら。でもそうね、周防院さまなら納得でしょうね」

　茉清にあっさりとそう云われてしまい、薫子は一層困惑してしまった。

「あなた自分で周防院ファンクラブと決闘したこと、忘れたわけじゃないでしょうね？　あの方は云ってみれば演劇部のカリスマ女優なわけよ。解《わか》る？」

「え、うん……まあ」

　そうは云ったものの、やはり薫子は戸惑いを隠せない……いま茉清に云われた奏の姿と、普段薫子が一緒に過ごしている奏の姿には、大きなギャップが存在しているのだった。

「おや、どうかしましたか、まるでこの世の終わりのような表情をしているね、薫子？」

突然背後で声がする。薫子と茉清が振り向くと、そこには何故《なぜ》かケイリが立っていた。

「ケイリさん、また貴女《あなた》ね？　あれほどいつも面会には受付嬢を通しなさいと云ってるじゃありませんか……」

2-Dの受付嬢であるクラスメイトがケイリを注意しようとしてやって来る。

「まあまあ、そんな風に怒ってはせっかくの可愛《かわい》い顔が台無しですよお姉さま……どうか笑って下さい、ね」

「ええっ、あ、その……」

ケイリの神秘的な笑みに掛かってしまうと、お嬢様育ちで純真な聖應《せいおう》の生徒たちでは、ほとんどがこんな風に太刀打ち出来ずに終わってしまう。

「……ケイリ、あなた自分のクラスにいなくても良いの？」

薫子はその辺もうあきらめているのか、普通に会話をケイリに向けた。

「私、クラスではミステリアスなキャラクター作りに専心することに決めたから」

「ミステリアスって……」

それを聞いた茉清が呆《あき》れ声を上げる。

「どう説明したらいいか……時折クラスに帰ってきては、友人たちに気の利いた一言なんかを云って去る。そう云うのは株が上がるものらしいからね」

「それ、狙《ねら》ってやったら株なんて上がらないんじゃないの……」

「違うよ薫子、それは『演技力の問題』だ」

愉快そうに、ケイリがそう云って微笑《わら》う。確かにケイリなら苦もなくクラスメイトの前でキャラクターを作ってしまいそうだ……そう思ったら、なんだか薫子はケイリのクラスメイトたちが可哀想《かわいそう》な気がしてきてしまった。

「そんな顔をしないで欲しいな。私は自分が表現したい自分をセルフ・プロデュースしているだけなのだから」

ケイリは不満そうな薫子の表情を読み取ったのか、そのまま言葉を続ける。

「確かに多少演じる部分はあるだろうけれど、自分や友人に嘘《うそ》を吐《つ》くわけじゃないよ。言葉は総《すべ》て私の言葉で、行動は総て私自身の心根に基づいた行動だからね」

「そう。ま、ケイリがそう云うなら良いけどね」

この子の言動は本当にストレートでいつも嘘がない。それはいっそ清々しいくらいではあるのだが、時折それがこんな風に玉に瑕《キズ》という時もある。

「それに同じ学年のあの子たちに、まさか今時学院生活のＡＢＣなんて聞くわけにはいかない。だから私の相談役は薫子と初音が適任だ」

「そんなものかなあ……」

まあ、ケイリの云い分も解らなくはない。彼女には学校生活、というか集団生活に於《お》ける積み重ねが全くない。それが見えないハンディキャップになっているのも、また事実なのだろう。

「ま、私のことはどうでも良いよ。こちらとしては、さっきの薫子の不機嫌そうな顔が気になっているんだけどね」

「え、ああ……」

ケイリのそんな一言に、薫子は奏がエルダーに推挙される話を思い出して、表情が再び暗くなってしまった……。


「……なるほどな」

——放課後。帰ろうとした薫子は待ち伏せていたケイリに捕まり、昼休みの話の続きを求められた。

「エルダー・シスターという制度については、あたしも悪い制度じゃ無いと思うんだ。以前に逢《あ》ったことがある歴代エルダーのお姉さま方にしても、すごい素敵な方たちで」

「でも、奏はなんだか戸惑っているように見えた……そう云うことだね？」

「そうね……けど、結局はあたしにしてもお姉さまにしても、結果を眺めることしか出来ないわけでしょう。だから、気にしても仕様がないかなってね」

どうにも奏のことを考えると暗くなりがちになってしまう様で、そんな自分に困惑しながら、薫子は苦笑いした。

「薫子、それは違う」

ケイリが珍しく、穏やかな笑顔になったかと思うと、薫子に話し掛けた。

「結果に関与できないことと、結果を諦《あきら》めてしまうこととは全く別のことだ」

「……そう云うものなのかな」

「それは結果を受け容《い》れない、つまり現実を受け容れないと云うことだから。それでは単に逃げているだけと云うことになってしまう」

「う……そうは云ってもなあ」

「多分、薫子がいま出来ることと云うのは、奏の為に出来る限りのことをしてあげると云うことではないか、と私は思うよ。奏の心を聞いてあげて、奏の迷いを出来るだけ解いてあげることだ。恐らく今いちばん困惑しているのは、他ならぬ奏本人の筈《はず》だから」

「ケイリ……」

薫子はこの年若い、しかし大人びた友人の言葉に絶句した。その言葉には深い優しさと、鋭い洞察力が満ちていた。

「そうだね。そうするよ……それにしても」

「？」

「初音にしてもケイリにしても、あたしは良い友達を持ったな」

薫子の言葉にケイリが一瞬きょとんとするけれど、すぐにいつもの笑顔に戻った。

「それはどうも。最高の褒め言葉だな……もっとも、私は奏がエルダーになれるように応援するけれど」

「ケイリ……どうして？」

「それはやはり奏が相応《ふさわ》しいからだろうね。彼女自身にではなくて、周囲が尊敬できるかどうかで決定する資格《アワード》なのだろう？　出来れば、彼女にはそんな風にプレッシャーを感じる必要は無いんだって、薫子に伝えて欲しいところだけれど」

「……はあ」

——結局。薫子は、自分で考えなくてはいけなくなってしまった。桜並木を独り寮に戻りながら、途方に暮れていた。

「そりゃ、あたしが心配したって何がどうなるわけじゃないってのは解ってるけど……」

それでも、薫子には奏が見せた弱々しい微笑みが脳裡《のうり》から離れなかった。

「なんか、あたしらしくないな」

そうつぶやいた時、視界の端に礼拝堂が見えた。

「……ほんと、あたしらしくないや」

珍しく神様に頼ろう、などと云う気持ちになったものか、薫子はそのままふらふらと礼拝堂のドアを開いた。

「あら」

礼拝堂には先客が数人いた。祈りが終わったところらしく、向こうが立ち上がったところで丁度眼があった。

「私たちは終わりましたから、どうぞ」

薫子は、その生徒の声に聞き覚えがあった。

「あれ、もしかして……お昼の放送の」

透き通った、優しい声。そうそう聞き間違えるような声ではない。

「あ、はい。放送委員の魚住響姫です……放送を聞いて下さっているのですね、ありがとうございます」

そう云って優雅に頭を垂れる。その一方で、薫子はこの女性が奏のライバルなのか、と茫然《ぼうぜん》と見詰めていた。

「……どうか、なさいましたか？」

「あ……いえ、なんでもないです」

優雅に流れる髪に幾重かの三つ編みが混じり、その表情には茫洋《ぼうよう》とした、懐《ふところ》の深そうな印象を受ける。

「もしかして、あなたは……七々原《ななはら》薫子さん？」

「えっ……どうして、あたしのことを知ってるんですか」

目を白黒させる薫子に、響姫は優しく微笑《ほほえ》んで答える。

「ふふふっ。『騎士《ナイト》の君』のお名前は、学院では夙《つと》に有名ですから。世事《せじ》に疎《うと》い私でも良く存じ上げています」

「あ、はあ……それはどうも」

薫子自身に自覚が全くないが、彼女自身学院内では立派に有名人なのだ。

「宜しければ、少しお話しませんか？　私、少し貴女に興味があったんです。いかがですか？」

「え、ええ……別に構いませんが」

突然の申し出に、薫子は勢い肯《うなず》いてしまう。

「悠《ゆう》さん、杏奈《あんな》さん……そんなわけなので、私、この方とお話がありますから、先に帰っていただいて構いませんか？」

「はい、響姫お姉さま。では、私たちはこれで」

「ええ、ごきげんよう。気を付けて帰ってね」

恐らく放送委員の後輩たちなのだろう――少女たちを先に帰すと、響姫自身は聴講席に腰掛けた。

「薫子さん、お祈りをしにいらっしゃったのではありませんか？」

「いえ、どうしようかなって思って入っただけなんで……まあでも、折角だし」

薫子が跪《ひざまず》いて祈るのを、響姫は笑顔で見守っている。

「……お待たせしました」

「いいえ。どうぞ、お座りになってください」

薫子が腰掛けるのを待ってから、響姫が口を開いた。

「どうやら普段はあまり礼拝堂《ここ》にはいらっしゃらないようですね。なにかお悩みごとでも？　あ、いえ……聞いても宜しければ、ですが」

「その、響姫《あなた》に話して良いのかどうか……聞いていらっしゃいますか？　エルダーに関する話です」

「……ああ、なるほど。そう云えば薫子さんは『白菊の君』……いえ、奏さんの寮での『妹』でいらっしゃいましたね」

「ええ」

「そうですか……それで礼拝堂《ここ》に。薫子さんは姉想いなのですね」

この人は、声だけじゃなく表情まで優しい。不思議な人だな、と薫子は思った。

「不躾《ぶしつけ》かも知れませんが、あの……響姫さま的にはどうなんですか？　エルダー候補として祭り上げられて」

そんなことを聞いて良い間柄ではないかも知れない。けれど、薫子は聞かずには居れなかった。

「……そうですね。なるかならないかは全く別ですが、推挙されること自体は大変に名誉なことだと思いますよ」

「名誉、ですか」

「はい。だって、それはつまり私がこの学院でしてきたことが、皆さんに認められたということで……そう思ったら、それが嬉《うれ》しくない筈がありませんから。そう思いませんか？」

響姫の笑顔を、薫子は良く理解することが出来た……それはつまり、それだけ響姫が放送委員として頑張ってきたという証明だった。自分が頑張ってきたことをみんなが認めてくれる。それは確かに何よりも嬉しいことの筈なのだ。

……では、奏はどうなのだろうか？　薫子の心に浮かんだのは、その一言だった。

「あの、すみませんっ、あたしちょっと用事を思い出しました……また今度にっ！」

薫子は立ち上がると、慌てて礼拝堂を出て行ってしまう。

「……あらあら」

がこんと重い音を立てて閉まる扉の音に、響姫が少し首を竦めた。

「ふふっ、残念ながらインタビューに失敗してしまったみたいですね。放送委員として、私もまだまだですね」

響姫もまた、ゆっくりと立ち上がって薫子が去った扉を見詰めた……。

コンコン。

「……誰ですか？」

誰かが奏の部屋の扉を叩《たた》いている。

「あの、お姉さま。あたし……」

「ああ、薫子ちゃん……どうぞ。開いていますす」

少しの躊躇《ちゅうちょ》があってから、薫子がゆっくりと扉を開けて入ってくる。

「なにか、ご用ですか？」

そう訊ねる奏には、昼に見せた弱々しい笑顔は感じられない。

「いえ、その……お昼の話、なんだけど」

薫子に云われて、奏も小さな苦笑いを零す。

「ごめんなさい。薫子ちゃんにまで心配をお掛けしてしまっていたのですね」

「いやっ、そ、それはちっとも構わないんだけど……そんなことよりも、その、お姉さまがエルダーをどう考えているのかなって、それが気になってさ」

「薫子ちゃん……」

薫子にそう云われて、奏は少し考え込んだ。

「どうぞ、座って下さい……薫子ちゃん」

「う、うん……」

奏は、薫子を腰掛けさせると、自身は立ち上がる。

「ちょっと、待っていて下さい……お茶を淹《い》れてきますから」

「えっ、いやお姉さま、そんなこと……」

慌てて止めようとする薫子を、奏は笑顔で遮る。

「違います薫子ちゃん。少し、考える時間が欲しいから」

奏は、そう云って少し楽しそうに……笑った。

「……本当はね、ずっと薫子ちゃんが来るまで考え込んでいました」

「お姉さま……」

ティーセットを運んできた奏は、ひっくり返したカップに紅茶を注ぎながら、ゆっくりと話を始めた。

「なにしろ、私の知っているエルダーと云えば、君枝《きみえ》さまに瑞穂お姉さまに、それから紫苑《しおん》お姉さま……どなたもお美しくてお優しくて、非の打ち所の無い方ばかりで」

「……うん」

薫子としては、十分に奏だってその仲間に入れると思ってはいるのだけれど、きっといま自分がそんなことを云っても奏がうんとは肯いてはくれないだろう……そう思って、ここは黙って奏の話を聞こうと思った。

「だから、お昼に由佳里ちゃんから話を伺ってから、ずっと考えていたのですよ……これでいいのかな、どうしたらいいのかな……って」

「お姉さま……」

奏は薫子に紅茶を供すると、もうひとつのカップをひっくり返して、自分の分を注ぎ始める。

「けれど、思い出したのですよ……瑞穂お姉さまが、エルダーになった時のことを」

「瑞穂さんが……」

そう云えば……と、薫子は思い出していた。瑞穂はあんなになんでも出来るすごい人だったのに、傲《おご》り高ぶるとかそう云った態度は微塵《みじん》も見せなかった。ただ優しくて、大らかで……そんな人が、エルダーにと祭り上げられた時の気持ちはどんなだったのだろう？

「あの頃の私は、まだお姉さまに出会ったばかりの頃で……あまりにもお姉さまが優しくしてくださるものですから、つい嬉しくなって。お姉さまの宣伝係のようなことをしてしまいました」

「奏お姉さまが？」

薫子はそれが信じられなかった。いまの奏の姿からは想像も付かないことだったから。

「ええ。本当に子供だったと思います……私はお姉さまの悲しそうな笑顔に全く気がついていなかった」

「奏お姉さま……」

「エルダーになってからしばらく、お姉さまは元気がありませんでした……これは後で紫苑お姉さまからお伺いしたお話ですが、ご自身を理想の女性像と讃《たた》えられて随分と悩んでいらっしゃったそうです」

奏は自分用に淹れた紅茶をもって、もうひとつの椅子《いす》に腰掛けた。

「ですが瑞穂お姉さまは、そんな時にも決して私たち下級生に対する優しさを捨てなかったのですよ……ご自分を苦境に追い込んでしまった、そんな私たちでしたのに」

ゆっくりと奏が紅茶を啜《すす》る。少し長く蒸らしすぎたのか、その顔を一瞬曇らせた。

「……あのね、奏お姉さま。その、あたしなんかがこんなことを、云って良いのかどうか……わかんないんだけどさ」

口を開くことをやめてしまった奏に変わって、薫子が話し始める。

「夕方にね、響姫さまに逢ったんだ……偶然。それで少し話をさせてもらった」

「薫子ちゃん……」

「響姫さま云ってたよ……自分が頑張ってきたことが認められたから、それについてはすごく嬉しいって。響姫さんはすごく自分のやってきた番組に思い入れがあるんだって、そう思った。それでね、ええっと……だから、奏お姉さまもそれと同じだと思うのっ」

段々その口調は熱を帯びてくるけれど、元々論理的に話すようなタイプではない薫子の言葉は、次第にもつれてくる。

「お姉さまはいつも、演劇をあんなに一生懸命にやってきたでしょう……だから、それと一緒で……っ!!」

「……薫子ちゃん、ありがとうございます」

——次の瞬間、薫子は立ち上がった奏に、ぎゅっと抱き締められていた。

「お……姉、さま」

気付くと、薫子の双眸《そうぼう》にはいつの間にか、小さな雫《しずく》が零れ出していた。上手に話せない自分に苛立《いらだ》って涙が出てきてしまったらしい。

「そうですよね……人にはそれぞれの理由があって、それは総て他の人とは違う。自分には自分だけの答えがあるっていうこと、私は忘れていました」

奏は薫子の後ろに回した手で、そっと髪を撫《な》でる。もしかしたら、奏にとっては瑞穂とは逆に、自分を心の底から支えようとしてくれる人間が必要だったのかも知れない。

「本当にありがとうございます……私は、もう自分自身から逃げたりなんてしません。薫子ちゃんが、それを思い出させてくれてくれたから……！」

そんな奏の言葉を聞いた薫子は、ただ眼を閉じて奏の抱擁《ほうよう》に身を任せながら、自分を不甲斐ないと感じたけれど、そんな自分が少しでも役に立ったのならそれで良いと、そう思っていた……。


「おはようございます！」

「おはようございます！　周防院さま！」

――明けて翌週。奏たちは、そろそろエルダー選が近いと云うことを、肌で感じ始めるようになった。

「おはようございます」

「あのっ、私たち周防院さまに投票しますからっ、頑張ってくださいっ！」

「……ありがとうございます」

雨の雫が揺れる若葉の桜並木に、黄色い歓声が飛び交っていた。この時期になると始まり出す、恒例の「投票宣言」が行われ出したのだ。

自分がエルダーにしたい人間に対し、公衆の面前で投票することを挨拶《アピール》して周囲の注意を喚起《かんき》しようとする……そんな「個人単位での選挙活動」は、エルダー選でのみ見られる特殊なイベントと云って良いだろう。

「始まったね、いよいよ」

「そうですね……私は部外者なのに、なんだか緊張してしまいます」

由佳里と初音は横でそんな会話をしているけれど、当の候補と目されている奏や、それを見守っている薫子は気が気ではない。歩きながら、次から次へと生徒たちが「挨拶」にやってくる。

「はぁ……瑞穂お姉さまがお疲れになっていたの、なんだかよく解るような気がします」

「そうだね。見てるだけでこっちもへとへとな気分が味わえたもの」

昇降口まで辿《たど》り着くと、一応そんな騒ぎも収束する……靴を履き替えているところに声を掛けるような礼儀知らずも流石《さすが》にいないだろう。

「薫子ちゃん……ごめんなさいね、付き合わせてしまって」

それでも教室までの間も声掛けが減らないので、薫子も一緒に三年生の教室まで付いてきて欲しいと奏に頼まれたのだった。奏ひとりだと途中で足止めになってしまう虞《おそれ》もあったから。

「あたしはほら、お姉さまの役に立つって決めたから。気にしないで」

「……ありがとう。では、またお昼に」

「ええ。じゃお姉さま、後でね」

これは大変なことになったな、と薫子は内心では心の底から驚いていた……。


「おはよう、茉清さん」

「おはよう薫子さん。おや、まるで木乃伊《ミイラ》のような顔色だわね」

「……ミイラは包帯グルグル巻きで、顔色なんてわかりゃしませんわよ」

「おや、珍しく鋭い突っ込みが……というか、本当に元気がないわね」

薫子は鞄《かばん》を机に掛けると、ぐったりと机に突っ伏した。あまり聖應の生徒としては相応しい行動とは云えない。

「そんなに激しいの、周防院さまへの挨拶攻勢は？」

「う～ん……あれを挨拶って云うと、あたし挨拶の神様に怒られるような気がするのよね」

「……そんな微妙な神様は居ないような気がするわね。基督《キリスト》教は一神教だし、百歩譲って神道にしたって八百萬《ヤオヨロズ》の神様の中にそんな尖り《ピーキー》まくりなのはいらっしゃらないと思うけれど」

「う～。今はその手のインテリな遣り取りをする根性はないんでありますよ……」

「左様か。ま、昼休みまでに英気を養っておくことだね、私設ボディーガードさんや」

「そうするー……」

「って、流石に授業中には寝たら駄目よ……薫子さん」

「うう～……」

傍にいるだけでこんなに疲れるのに、果たして一体奏は大丈夫なのだろうか……そう薫子は考えずにはいられなかった……。


「これは……」

「……凄《すご》いわね」

――昼休み。薫子は由佳里たちと待ち合わせて、奏を食堂に連れて行くことにしていたが、薫子よりも一足先にやって来ていた初音と由佳里は、教室前で出待ちをしている支持者の群れに驚愕《きょうがく》していた。

「やっぱりこれ、週末を挟んでしまったのがいけなかったんでしょうか……去年はこんなに沢山の人が一度には動いていませんでしたけれど」

「そうかも知れないわね。あまりに酷《ひど》いようだったら生徒会から通達を出さないといけないかも……もっとも、それもここ二、三日のことなんでしょうけどね」

もっとも去年の場合は、支持は生徒会長であった君枝と、副会長であった葉子《ようこ》に分かれただけで、しかも葉子は自分に来た票は総て君枝に譲渡《じょうと》すると公言していた。だからこんな騒ぎには当然ならなかったのだが。

「……まあ、ここで怯《ひる》んでいても仕方がないですし。頑張ってお昼ご飯を食べに行きましょう」

「薫子……そうね。じゃ、奏ちゃん行こうか」

「ええ。ごめんなさいね、由佳里ちゃんまで」

「良いって良いって……友だちでしょ。じゃ、参りますかね」

四人は息を呑《の》むと、緊張の面持ちで廊下へと踏み出した……。


「はぁあぁあぁ……」

昼食のトレイを携えて席に着くと、奏たちは大きく息を吐き出した。

「な、なんで今年はこんなに盛り上がってるんですか……？」

初音が悲鳴を上げる。こんなに賑《にぎ》わうエルダー選を、四人とも今まで体験したことはなかったのだ。

「だけど、考えてみれば当たり前だよね……去年は候補者が二人揃《そろ》って仲良しコンビだったし、一昨年は瑞穂お姉さまが過去最高の得票率、一昨昨年《さきおととし》に至っては候補者が全員紫苑さまに票を譲与しちゃったって云う話だものね」

「そっか……そう考えると、接戦になりそうなのって久しぶりなんだ」

由佳里と薫子が疲れた表情で会話すると、奏が困った顔をする。

「み、みんな、本当にごめんなさい……」

「いや、だから奏ちゃんが謝ることじゃないんだって……それにこれも良い経験よ。普通はこんな目には遭いたくたって遭えないんだもの」

「由佳里お姉さま、別に遭《あ》いたくて遭う人は居ないと思うんですが……」

「お莫迦《ばか》だね薫子は。例えよ、例え」

「ふ、ふふふっ……」

薫子たちの遣り取りに、やっと奏が明るい顔を見せる。

「取り敢えず、ご飯を食べながら少しゆっくり休みましょう」

「そうですね。そうしましょう」

奏たちはようやく、少し遅めの昼食を摂り始めた……。


「あら、何か騒がしいわね」

昼食も摂り終わり、これからどうしようかと相談をしていた奏たちのところに、食堂の入り口辺りから喧噪《けんそう》が漏れ聞こえてくる。

「……あ、あれ響姫さまですよ」

あちらも挨拶攻勢を受けているらしい。昨日見た放送委員たち――他にも何人か居るけれど、恐らく総てそうだろう――を従えて食堂にやって来ていた。

「こう、なんて云うか……本当に五分五分な感じだね。この調子だと候補者は二人に確定しちゃいそうね」

由佳里はそう云うが、それでも毎年、少数の票を獲得する生徒たちが数名は存在する。

けれど決して、その生徒たちが票が少ないと云って莫迦にされるようなことはない。

聖應に於《お》いて、一票でもエルダー選で獲得できることは、生徒にとっての即《すなわ》ち代え難い名誉だからである。エルダー選に於ける零票と一票の差は驚くほどに大きいと云って良いだろう。

向こうも食事を始まると、ようやく挨拶が一段落する。響姫は少し疲れた表情をしていたけれど、こちらに薫子と由佳里がいるのを認めると、小さく会釈をした。

「薫子、響姫さん知ってるの？」

「え、ああ……先週ばったり逢って。響姫さまが私の恥ずかしい二つ名をご存じだったもので」

「ははっ、さっすが……有名人は違うわね」

「む。由佳里さま程じゃないですけどね……」

そんな二人の会話の隙間に、向こうの会話が忍び込んでくる。

「二つ名持ちとか、生徒会の人間ばっかり周りに集めるなんて……やり方が狡《ずる》くないですか？」

「本当ですわね……でもきっと、人気では響姫お姉さまの方が上です！」

ついと入り込んでくるそんな会話に、薫子と由佳里が眉《まゆ》を顰《ひそ》める。

「なんなのあの子たち――」

「……おやめなさい」

由佳里が不平を鳴らそうとした刹那《せつな》、ぴしゃりと、凜《りん》とした声色《こわいろ》が飛んだ。それは響姫の声だった。

「皆さんが私を応援してくれるのは嬉しいです。けれど、他の方々を貶《おとし》めることは感心できることではありません。私のことを考えてくださるなら、どうかやめていただきたいですね」

「も、申し訳ありません。響姫お姉さま」

響姫もこちらの反応に気付いたのか、すっと立ち上がると、こちらに歩いてきた。

「……周防院、奏さんですね？」

「はい」

「お初にお目に掛かります……私、魚住響姫と申します。唯今《ただいま》の妹たちの不躾な発言、皆様どうかお許し下さい」

響姫は奏たちに対して、深々と頭を下げて詫《わ》びた。

「響姫さん……どうか、頭をお上げになってください」

こうなると今度は困惑するのは奏の方で、立ち上がると響姫の肩に労《ねぎら》いの手を伸ばした。響姫の後ろで放送委員たちもおろおろしている。

「……実は私、奏さんとは一度お話をしてみたかったのです。どうでしょう？　今から少しお付き合いいただけませんか？」

顔を上げた響姫は、今度は笑顔になっており、慌てていた奏は更に面喰《めんく》らってしまう。

「え、ええ……それは構いませんが」

「本当ですか？　嬉しい……では、参りましょうか」

響姫は肩に置かれた奏の手をそっと取ると、そのまま外に向かって歩き出してしまう。

「あ、あの……響姫さん！」

背後から薫子が響姫に声を掛ける。振り返った響姫は薫子を一瞥《いちべつ》すると微笑みを返す。

「私が責任を持って教室にお送りしますから。あなたたちも先に帰っていて？」

「ひ、響姫お姉さま……？」

周囲が呆気に取られているうちに、主役二人は脇役《わきやく》をその場に残してさっさと退場してしまったのだった……。


「さてと……ここなら、誰も来ないでしょうか」

梅雨時のテラス、椅子は大概どれも半分濡れていたり湿気《しけ》っていたりするので、他の生徒はまったく居なかった。二人は陽当《ひあ》たりの良い椅子を探して、ハンカチを敷いてからそれに腰掛けることにした。

「ま、仮に来たとしても対立候補が二人揃って座っていれば、挨拶にも来られないでしょうけれどね」

「ああ、そうですね。本当です」

そう思うと、奏は少しだけ愉快な気持ちになった。

「それにしても先程は……本当に失礼しました」

響姫は改めて謝罪し、頭を下げる。

「そんな、もう良いですから……ね？」

「……あの子たち、普段はあんなこと全然云わないのに。やはり状況は人を変えるものなんでしょうか」

「ふふふっ、そうですね……それにしても、お互いに苦労しますね」

「ええ、本当に。エルダー候補と噂されるのがこんなに大変なものだとは、想像もしていませんでしたから」

「本当に。普段通りを決め込むつもりで居たんですけれど……なんだか心が折れてしまいそうです」

「響姫さん……」

この人は、きっと声に違《たが》わぬ優しい心根の持ち主なのに違いない……奏にはそんな風に思えた。

「実はね、こうなる前から一度奏さんにはお逢いしてみたいって、そう思ってたんです……まさか、こんな形でとは夢にも思っていませんでしたけれど」

「私に、ですか？　それは何故……」

響姫は少し恥ずかしそうに逡巡《しゅんじゅん》してから、思い切って口を開いた。

「その、ですね……私が、放送委員会に籍を置くことになった原因は、実は貴女なんです」

「えっ……あの、それはまたどう云った理由なのですか?」

奏は放送委員にはほとんど関わったことがない。有ったとすれば、一年の時に体育祭で実況の真似事をさせられたことがあったけれど、あの時は当時の小鳥遊《たかなし》部長に叱《しか》られ通しで随分と反省させられたものだった。

「一年生の学院祭で、貴女の主演された舞台を拝見しました。その時に思ったのです……人の声には、きっと力があるんだって」

「響姫さん……」

「貴女の演じていらっしゃった役、とても素晴らしかった。ある時はとっても気の強い元気な女の子なのに、ふとした切っ掛けで、急に弱々しく恋に迷う女の子になってしまう。場面場面で演じているのは全く違なる性格なのに、それが総て声を通してひとりの人格として統一されていく……あんな体験をしたのは初めてでした」

「そ、そんな風に云われるとなんだかとても恥ずかしいのですが、その、ありがとうございます」

「それで私考えたんです。生憎《あいにく》と不器用なもので演技とかは到底無理ですが、声だけならって……他の皆さんと少し声質が違うのは自分でも理解していましたから、それを私でも活用できるかもしれない。そう思って」

「それで、放送委員におなりになったのですか」

「はい。もう学院祭の後すぐに委員になって、お姉さま方に発声法をご教示いただいたり、脚本構成の基礎を学んだりして……だから、実践できている今が一番楽しいんです」

「……素敵ですね」

楽しそうに話す響姫の姿を見て、奏も嬉しい気持ちが湧き上がってきていた。自分のやって来たことを、初めて間接的に褒《ほ》められたように思えたからだった。

「だから私、奏さんにお逢いして、どうしてもお礼が云いたかった……ありがとうございます」

「そんな、私こそ……そんな風に思って貰えるなんて、夢にも思っていなかったのです。だから、ありがとうございます」

互いに慌てて「ありがとう」を云うと、なんだか可笑しくなったのか、二人は揃って笑い合った……。

「それにしても、今日は大変だったね、お姉さま」

「本当ですね。由佳里ちゃんではありませんが、なかなか体験しようと思っても出来ることではありませんでしたね」

結局、奏と響姫……二人に対する挨拶攻勢は放課後ギリギリまで続いたけれど、それでも数日を待たずして収束しそうな気配には落ち着いたようだった。

「なんだかお姉さま、晴れ晴れしてる……もしかして、お昼に響姫さまと話していて何か良いことでもありました？」

「そうですね……有ったような、無かったような」

「わ、はっきりしないなあ……」

きっと、あの優しい声で響姫がなにか魔法を掛けたに違いない……薫子は、一人そう納得することにした。

何故って、声が聞かせる優しさは、それを本当に持っている人にしか出すことの出来ないものなのだから。


そして、いよいよ六月の最終金曜――エルダー選挙の投票日がやって来た……。

「……すごく緊張する。去年はこんなじゃなかったのに」

ざわめく生徒たちの中、薫子は妙に強張った表情で投票結果の発表を待っていた。

「それは当たり前じゃないのかしら……そもそも去年なんて、薫子さんは投票の仕方も何も知らなかったじゃない」

「まあ、外部組ですからして……人に云われるままに書いていたような気がする」

「無理にとは云わないけれど、薫子さんはもう少し聖應の生徒としての自覚を持った方が良いと思うわ」

「私、茉清さんには云われたくない……聖應の生徒っぽくないし」

「失礼ね……っと、そろそろ発表ね。先生が出てきたわ」

エルダー・シスターの発表は、毎年先生が行っている。今年も当然それに倣《なら》い、光岡《みつおか》先生が結果を持って壇上に上がる。今まで黄色い声の坩堝《るつぼ》であった講堂が、まるで水を打ったようにしんとなった。

「それでは、本年度のエルダー・シスター選考委員会による、投票集計結果の発表を行います……選考規約に基づき、得票数二〇パーセント以上の生徒を発表します。呼ばれた生徒は壇上に上がってください」

生徒が僅かにざわつき始める。決定が告げられなかったところを見ると、どの生徒も得票が七五パーセントを超えなかったと云うことになる。ここから壇上に上がった生徒たちによる得票の譲与が開始されるのだ。

「有効投票総数、七二八票。うち三四二票を獲得……3-E、魚住響姫さん、壇上に上がってください」

生徒たちからわあっと声が上がる。最初の候補はやはり響姫だった。

「三七八票を獲得……3-A、周防院奏さん、壇上に」

続いて奏が呼ばれる、ほんの僅差《きんさ》で優位に立ったようだ。

「残り八票の投票者に付いては、エルダー選出終了後、生徒会室前掲示板に掲示いたします。それでは生徒会長、後は任せます」

「……承知しました。光岡先生、お手伝いありがとうございました」

由佳里の持つマイクが僅かにハウリングすると、場内は再び静寂に戻る……二人のエルダー候補の成り行きを見守る為だ。

「これより、得票上位であるお二人に、ご自身の持つ票を譲り渡す意志があるかどうかを確認します。意志を持たない場合、それぞれに沈黙を以《もっ》てお答え下さい」

つまり、譲与する者は発言しろ、と云うことだ。皆が固唾《かたず》を呑んで見守る。

「………………」

そんな壇上での沈黙の中、奏はどうして良いのか解らず、困惑の中にいた。

「……私が」

ざわっ……。

瞬間、講堂全体がざわめいて声を発した人間に意識が集中する。

……響姫の発した声だった。

奏と響姫は眼を合わせる……と、急に響姫が微笑んでみせた。ゆっくりと、奏の前まで歩いてくる。

「私が敬愛して止まない……演劇部の姫。『白菊の君』に、我が親愛の情を籠《こ》めて」

そっと奏の手を取り、その場に跪くと――。

きゃあああ〜〜〜〜〜〜〜っ!!

響姫の唇が、そっと奏の手の甲に触れる――それが譲与の儀式。響姫の票が、総て奏に譲り渡された瞬間だった。

「響姫さん……」

割れるような歓声、「お姉さま、おめでとうございます！」そんな声が、講堂中から舞台に向かって乱れ飛んでいた。

「私は貴女に憧れたの、奏さん……だから私の票を貴女が受けることが、正しくエルダーの務めです。憧憬《しょうけい》を一身に受けるのが、エルダーである貴女の役目なのですから」

「響姫さん……解りました。不肖《ふしょう》の身には勝ちすぎる重荷ですけれど、エルダーは人が選ぶもの。貴女が選んでくれたこと……私はそれを信じます」

割れんばかりの歓声が、奏が手を引いて響姫を立ち上がらせると、徐々に静かになってゆく。

「では新エルダー、周防院奏さん。どうか選んでくださった皆さんに就任の挨拶を！」

由佳里が微笑んで、奏にマイクを差し出す。少し照れた顔で受け取ると、ゆっくりと生徒たちの方を向いた。収まったばかりの喝采《かっさい》が湧き、奏に呼び掛け、語り掛ける。

光が射し込む講堂の中で、生徒たちの声に支えられながら。

今またこうして、小さいけれど輝きを放つ新しい星《エトワール》が、生まれようとしていた……。

エピローグ

少し控えめな陽差《ひざ》しが桜並木を縫《ぬ》って湿った石畳《いしだたみ》を優しく照らしている。

昨夜の雨に濡《ぬ》れた桜の若葉が雫《しずく》をきらきらと光らせながら、鮮やかな緑色を透かして揺れている……校舎までの短い桜並木に、少女達の黄色い笑い声と軽い靴音が弾むように響いている。

その光景は、とても清純で美しく、清々《すがすが》しい。

「おはようございます！」

「おはようございます！　お姉さま」

「おはようございます、皆さん」

朝、並木道はいつものように處女《おとめ》たちで溢《あふ》れている。けれど、いつもと少し違うのは、その中心に一人の穏やかで優しい少女が微笑《ほほえ》んでいること。

薄桃色のリボンが、初夏の風に揺れて——もうすぐ梅雨《つゆ》が終わることを告げていた。

「おはようございます、お姉さま」

「響《ひびき》姫さん。おはようございます」

奏《かな》たち四人が歩く横に、響姫が加わって歩いて行く。

「先日のお願い、考えてくださいましたか？　お昼の放送を使ったミニドラマ……きっと、お姉さまのファンが泣いて喜びます」

「響姫さん、ずるいですよ……私が響姫さんのお願いを断りづらいの、良くご存じではありませんか」

「もちろんです。それを知って、こうしてお願いに上がっているのですから……『お姉さま』」

そう云って、響姫は綺麗《きれい》にウィンクをひとつ。楽しそうに笑っている。

「きっと、今年一年お姉さまは引く手数多《あまた》ですね」

「もう、薫子《かおるこ》ちゃんまでそうやってからかうんですから」

「まあ、実際生徒会行事とかも目白押しだしね、初音《はつね》」

「そうですね。慣例でエルダーが参加することになっている行事は結構多いですから……あ、でも勿論《もちろん》、出席や参加は総《すべ》て任意です」

「そんなこと云って……知ってますよ？　過去のエルダーは、みんなその行事に全部参加しているじゃないですか。最初から選択肢なんてありません！」

奏はみんなからからかわれ、拗《す》ねるけれど、可笑《おか》しくて笑ってしまう。

「それはもう、みんなに憧《あこが》れられるのが仕事ですから……ね、お姉さま？」

響姫がそう云って笑う。その笑顔はなんだかすごく嬉《うれ》しそうに見える。

「……瑞穂《みずほ》お姉さまが、いつも複雑そうなお顔をしていた理由、今なら良く解《わか》ります。全然気が休まる時間がありません」

「でも不思議だよね、お姉さまもなんだか活き活きしてるもの」

薫子が笑う。それを見て奏も微笑《わら》って見せる。

「それはやっぱり、薫子ちゃんが私を信じてくれているから。それと、響姫さんが私を見つけ出してくれたから」

「何を仰有《おっしゃ》いますか……第七四代エルダー・シスター、周防院《すおういん》奏ここにあり、ですからね！」

笑う響姫の横を、生徒たちが通り抜けて行く。

「おはようございます、お姉さま！」

「お姉さま、おはようございますっ！」

「おはようございます。今日も良い天気ですね……！」

そしてこの瞬間、長い聖應《せいおう》女学院の歴史はまた一歩未来へと歩みを進めていくのだ
……今までそうして来たように。


——そして、これからも。

乙女《おとめ》はお姉《ボ》さ《ク》まに恋してる　櫻《さくら》の園《その》のエトワール　完

あとがき

えっと、後書《あとが》きです（笑）

さて、ご存知ではない方で手に取っている方はさすがに居ないと思えるこの本ですが、もしかしたらいらっしゃるかも知れない、予備知識の無い方にまずは説明をしておきましょう。

この小説は、パソコンで発売されたPCゲーム「処女《おとめ》はお姉《ボ》さま《ク》に恋《こい》してる」の後日談をまとめて一冊の本にしたものです。TVアニメ版をご覧になって手に取った方もいらっしゃるかも知れませんが、ゲームとアニメでは少々内容が違うので、アニメだけをご覧になっている方には少し解りづらい内容になっているかも知れません。

そんな人は、是非PCゲーム版か、PS2版を遊んでみて下さると嬉しいです。きっと新しい発見があると思いますから。

と云うことで改めまして、嵩夜《たかや》あやです。この度はこの本を手に取っていただき、ありがとうございます。今回は自社作のゲームの外伝小説化なんていう素敵な機会を与えていただき、本当に有り難く、そして嬉しく思います。

もうすっかり私の手も離れて「おとボク」と呼び慣わされるようになったこの作品も、誕生してから三年が経とうとしています。今こうしてこんな風に私が外伝のお話を書かせていただけるのも、楽しんでいただいている皆さんのお力によるものなのです。本当にありがとうございます。この小説が、そんな皆さんへ僅かでも恩返しになるのならば、それに勝る嬉しいことはないのですが……。


もともとこのお話は、ゲームの主人公である「宮小路瑞穂《みやのこうじみずほ》」が卒業したあとの聖應《せいおう》女学院を描いた、二編の小さなストーリーだけの存在でしたが、今回の文庫化に伴って拡充され、瑞穂の妹的な存在であった奏《かな》が、その名跡を継いで新しいエルダー・シスターに推挙されるまでを描くオムニバス作品となりました。先の説明にもある通り、ゲーム版で発生している事件や出来事に準拠して描かれているので、若干ゲームを遊んでいないと解りづらいところもあります。

文庫化にあたって、「完全な後日談になってしまうとゲームで主役を張っていた登場人物たちがほとんど登場しないし、アニメしか見ていない人にも解りづらい」という問題が物語的にあり、編集部様にも相談させていただきましたが、「原作の空気感を大切にしたい」という有り難い言葉を頂戴《ちょうだい》しまして、思い切ってこんな風に完全に後日談を語る――そんな作品になりました。

末プレイの方が解らないと思えるゲーム中の出来事に由来する部分は、出来るだけ説明を加えてあります。プレイしたことの無い方は「ああ、そういう出来事が以前にあったんだな」程度に思っていて貰《もら》えば良いようにしてあります。そしてプレイした人には、「ああ、あの時の話だ」と思い出して貰えるようになっています。

原作にあたるゲームでは、主人公である瑞穂が出逢《であ》った少女たちと、数種類の結末を迎えることが出来るように作られていますが、今回この後日談ではゲームに於《お》ける「厳島貴子《いつくしまたかこ》」との結末後の物語として描かれています。ゲームでは脇役……と云うかほとんどちょい役だった君枝《きみえ》や葉子《ようこ》たちにも、今回はスポットが当たっています。そう云う意味では、彼女たちの視点から主人公やゲームでのヒロインたちがどう思われていたのかを知る……なんていう方向からの楽しみ方も出来る話になったのではないかと思います。

今回登場している脇役たちも、半数はやはりゲーム本編にちょい役で登場している子たちが含まれています。その辺りのキャラクターを頑張って思い出してみるのも、あるいは楽しみのひとつになるのかも知れません。

そんなわけで、今回のお話は「おとボク」と云うよりは、どちらかというと「聖應女学院年代記」という色の強いお話になりました。お嬢様女学院の甘く優しい雰囲気を上手く出せていると良いなと思っていますが、いかがでしたでしょうか。

上手く云えませんが、今は「優しさ」が足りない世の中のような気がしています。かくいう私も、すぐにカリカリしたり、怒ったりしてしまうのであまりそんな風潮を悪し様に云うことも出来ないのですが……この「おとボク」と云うお話は、私たちが忘れがちになってしまう「優しさ」を前に押し出したお話が多く含まれています。

人の「優しさ」は、今の私たちには笑い事だったり、莫迦《ばか》にされる対象になったりしますけれど、それでも人はやっぱり、ちょっとくらい他の人に「優しさ」を分けて貰えないと楽しくないし、幸せな気分にはなれませんよね。そんな事を考えながら、今回のお話は生まれました。自身では素直に語ることが出来ない「優しさ」と云うものを、薫《かおる》子《こ》たちに代わりに頑張って語って貰いました。ですから少しでも、読んだ皆さんが奏や薫子たちと一緒にそんなことを考えて貰えるなら嬉しいかな、なんて思います。

遊んだことがある人はご存知だと思いますが、同じ文章を書く仕事でも、美少女ゲームと小説とでは書き方が全く違うものです。文法や量、作法なんかも少し違うかな。その辺りも、今回かなり悩まされた部分でしょうか。ゲームでは単行本一〇冊程度の量にTVアニメ二クール分程度の内容を入れるのが大体今の平均だと思うのですが、小説の量は当然その一〇分の一。長く書くことよりも、制限された量の中で必要な表現を全て納めることの方がよっぽど難しい……それを痛感しました。果たして皆さんの鑑賞に堪え得る出来になっているでしょうか。

　実際に書くにあたっては……実はかなり困りました。本編を書いてからもう長い時間が経っている上に、小品も含めると三作も違うゲーム作品に関わっていたこともあり、積み重ねられた設定の半分近くを忘れている、という事態に陥っていたことです。結局、自分で書いたゲームをもう一度ひっくり返してみるという羽目になりました（笑）。思ったよりも微に入り細にわたり設定されていたりして、当時の自分をちょっぴり恨みがましく思う部分もあったり……出来るだけ間違いがないように書いたつもりですが、今では書いた私よりも設定を詳しく覚えている人がいないとも限りません。変な間違いが見つからないように、と祈るばかりでしょうか。


　いま思い返してみるとこの「おとボク」は、ゲームの企画を始めた段階から、色々な偶然や巡り合わせのあった作品であったと思います。それはきっと、私がキャラメルBOXに入社していた所から始まっていたのかも知れません。

　私の奇っ怪な妄想から始まったこの作品は、色々な人たちの力を借りて少しずつ大きくなり、いつの間にか私の手には負えないくらいの大きさに成長しました。最近では逆に、生み出した私が作品に教えられる側に回っていることもしばしばです。そんな体験が出来たこともいまは嬉しいことかな、と思っています。

　ともあれ、鏑木《かぶらぎ》瑞穂……いやいや、「宮小路瑞穂」を軸として進んできた物語もこれで終幕です。そう思うとちょっと感慨深いところではありますけれど、こんなに長く付き合うことになるとは思っていなかったこともあって、なんだか不思議な感じだなあ、とも思います。

あとはこの小品が、皆さんにとって楽しめる一冊になっているようにと、そう願うのみです。

最後に、こんな機会を与えて下さったファミ通文庫編集部さま、一緒に頑張って貰って……っていうか困らせているキャラメルBOXスタッフのみんな、いつも変な注文ばかりしているのに黙々と仕事をこなしてしてしまう巨匠のり太《た》大先生（笑）、そしてなによりも、この作品を愛して下さった皆さんに満腔の感謝を捧げて結びの言葉に代えさせていただきます。ありがとうございました。

二〇〇七年一一月二九日　嵩夜あや

読んでいただきまして…
本当にありがとうございました!!
小説というかたちで
「おとぼく」ワールドの
新しい世代を描く
機会ができたことを
大変ありがたいな〜!
なんて思っています!
キャラメルBOX
のり太

■ご意見、ご感想をお寄せください。
ファンレターの宛て先
〒102-8431東京都千代田区三番町6-1
株式会社エンターブレイン　ファミ通文庫編集部
嵩夜あや　先生
のり太　先生

■ファミ通文庫の最新情報はこちらで。
エンターブレインホームページ
http://www.enterbrain.co.jp/fb/

■本書の内容・不良交換についてのお問い合わせ。
エンターブレイン カスタマーサポート　**0570-060-555**
（受付時間 土日祝日を除く 12:00～17:00）
メールアドレス：**support@ml.enterbrain.co.jp**

FB Famitsu Bunko

ファミ通文庫

乙女《おとめ》はお姉さま《ボク》に恋《こい》してる

櫻《さくら》の園《その》のエトワール

二〇〇八年一月四日　初版発行

著者　嵩夜《たかや》あや
発行人　浜村弘一
編集人　青柳昌行
発行所　株式会社エンターブレイン
〒一〇二-八四三一　東京都千代田区三番町六-一
電話　〇五七〇-〇六〇-五五五（代表）
編集　ファミ通文庫編集部
担当　長島敏介
デザイン　前之浜ゆうき
写植・製版　株式会社オノ・エーワン
印刷　凸版印刷株式会社

定価はカバーに表示してあります。

O4
1-1
745

ISBN978-4-7577-3924 6